小人物大時代
活水——著

自序

寫這篇小說前我並沒有想過會寫小說，頂多只是幻想而且沒有能力執行，而我又是外省第二代，由於父親管教較嚴厲，早期與父親的感情不是很好，直到近年才好轉起來，但是見面話題不多。三年前父親過世有人提點，緬懷先人有多種方式，於是我選擇寫傳記，傳記寫完之後感覺那個世代有很多的苦，後代並不知道也無法體會。因爲很苦所以父親不太愛說以前的事情，當時我有個想法，既然能寫出父親傳記，那麼就把傳記寫不出來的細節用小說來表達，於是大膽的把小說寫出來。

撰寫過程當中查閱很多資料，看了之後心也是很酸，這篇小說故事大部分情節是眞也是假。書中的人名皆爲化名。在　主的帶領下終於把這篇小說寫完，在撰寫過程有許多同事朋友提出寶貴意見，讓我得以順利完成這本小說，這一切榮耀歸於　主，阿們。

目錄CONTNTS

一九三九年九月，日軍為逼降國民政府，以軍事打擊為手段企圖，集中十萬兵力從贛北、鄂南、湘北三個方向向長沙發起了進攻。第九戰區代司令長官薛岳為保衛長沙，以湘北為防禦重點，在「後退決戰、爭取外翼」的作戰方針下，總共調動三十多個師和三個挺進縱隊，共約二十四萬多國軍參加此次戰役。（註一）

一九四一年九月，日軍在長沙吃了敗仗之後，國軍第九戰區司令薛岳認為日軍會再次進攻長沙，積極佈署長沙作戰計畫。經過兩次會戰之後，薛岳依照以往作戰經驗實施「天爐戰法」，蔣委員長提醒薛岳在長沙雖然二次獲得勝利，依舊不可輕敵。（註二）

一九四一年十二月二十四日，日軍開始發起攻擊，日軍各部依照計畫自外圍推進，一步步進犯長沙，長沙那一年的冬天意外的寒冷，低溫來到了零度以下，長沙甚至開始下起大雪了……

一

我叫王小二，大概是一九二四年端午節出生，家中排行老二，上面有一位姐姐，下面有三個弟弟，家住江西省南昌市溪洪村，在我十七歲除夕那一天，一大清早父親吩咐我跟姐姐去大街上看看，順便買一些過年的東西回來，弟弟他們也吵著要去，被父親擋了下來，原本今天除夕是家人團聚的日子，但是接下來所發生的事情，卻是我一輩子也忘不了，甚至改變了我的這一生。

那時清早跟著姐姐在熱鬧的街上逛著，就在不遠之處一群背著長槍的國軍，正從對街大搖大擺走了過來，他們的衣服看起來破爛不堪，其中有一個身材微胖的軍人，身上除了背著槍還有一個大鍋，他看見我手上提著剛買的臘肉，於是在我的耳邊說：「小兄弟！哥這裡有幾條剛才抓的魚，要不要？要的話隨哥來！」結果不顧姐姐正忙著採購年貨，我認真的跟了過去，走了沒多久過了兩個彎之後，這位胖哥哥突然回頭，左手抓住我的背後衣領，用那粗暴的蠻力提起我的身體，跑了幾步氣喘吁吁的到他的排長前面說：「劉排！劉排！你看我帶誰回來了？有一個要打日本鬼子的年輕人，在後面跟我嚷嚷要吃飯打日本鬼子，我把他帶過來了，你看看。」他的左手一下子把我提起來，我的兩腳還踩不到地面，正當我要開口時一巴掌呼了過來，接下來又是一巴掌，臉上痛得我說不出話來，眼淚一直不斷地流下來，這位胖哥哥大聲怒斥我：「剛剛不是說要飯吃，要殺日本人，現在又想怎麼了？第十軍是你說來想走的地方啊！你知道我們的軍長李玉堂是什麼人嗎？」這時劉排看著不耐煩地說：「好了！帶走換衣服。」順手拿了我身上的臘肉掉頭走了。

就這樣我被帶到一間破房子，裡面擺滿了骯髒破損的軍服，裡面有個專門管軍服的人，那位胖哥哥對著管軍服的小兵說：「小子，從現在起他頂替王磊班頭。」就這樣我被穿上那又臭又破的軍服，衣服靠近左腹的地方有一些血漬，還破了一個小洞，就這樣我被折騰了一段時間，剛才拿走我臘肉的劉排回來了，看起來劉排好像享用過佳餚得意地跟我說：「小子，哪裡人？名字？識字嗎？」

我滿臉驚恐帶著一些憤怒的說：「我，我叫王小二，南昌溪洪村人，讀了六年書，識字不少，不識字更多，還我買的肉來！我要離開這裡！」說罷便往排長方向衝了過去，這時劉排掏出腰間的手槍，槍口抵住了我的額頭：「格老子的！你找死嗎？」

這時，空氣彷彿爲之凍結。

「從現在起你代替王磊，你是班長，你的薪餉有一半每個月要交給我！」頓時我癱坐在地上動也不動，腦中空白得不能再空白，心一下全冷了！當午夜十二點一過，鞭炮聲此起彼落，等到鞭炮聲逐漸停止時，我想起爸爸跟姐姐了，不知他們是否正在擔心我？而我現在在哪裡呢？

部隊正準備前往長沙，我站在月台等待火車的時候，四、五個班長走了過來問我：「剛來的班長喔！叫什麼名？」

我低聲的說：「我叫王小二！」

幾個班長聽到我的名字大笑起來，有班長拿著槍托碰我的肚子，甚至有班長拍了幾下我的後腦勺：「小二！去車站外搞些東西來吃吃吧！我們幾個餓死了，動作快一點。」

就這樣我低著頭跑到外面找些吃的東西，心裡想著這些人是誰啊？怎麼如此囂張，沒有軍紀了嗎？在大廳東跑西跑的我，一不小心撞到了幾位乘客，害得其中兩、三位乘客摔個四腳朝天，這時我也顧不了那麼多趕快離開，出了車站右手邊看見了一位老人正在努力賣著熱騰騰的大餅，老人的四周全是部隊的人，我好不容易擠了進去跟老人說：「大叔我要五張大餅！快點，我趕著上火車。」

老人忍住不滿的說：「只有你要上火車啊？錢呢？五個銅板。」

我摸摸口袋根本一個銅板都沒有，「這就是我的銅板！」我拿起身上的步槍放在老人的桌上，原本吵雜的聲音頓時安靜了下來。

老人面不改色地慢慢說道：「五個大餅拿走，滾——」

於是我動作迅速拿走大餅，趕快奔回月台，還沒到月台那幾個班長大聲說道：「小二回來了，動作怎麼這麼慢！」其中一個班長還拍打我的肚子，「對不起，小二錯了，小二下次改進。」

我驚慌連聲跟班長道歉，這些班長一邊吃著大餅一邊大笑離開了。沒有多久火車的汽笛聲響起，我趕緊上了火車，在火車上找到門邊一個角落，我蹲坐了下來全身發抖回想剛才發生的事，我討厭我的名字，我更討厭這樣被人玩弄，事後探聽才知道那幾個班長都是隔壁連的。

在臭氣熏天的火車上，不知待了多久，現在終於可以下車了，部隊依照計畫進駐長沙城，聽說日軍要再次進攻長沙，第十軍正好是戍衛長沙右側的部隊之一。

一九四一年九月六日，日軍阿南惟幾依照計畫，以摧毀第九戰區薛岳主力部隊爲目的，派兵直取長沙，國民政府軍事委員會下令，第三、第五、第六戰區對當面日軍發起攻擊，以牽制日軍集中，第九戰區由薛岳指揮抵抗日軍，九月二十一日，日軍渡過汨羅江，向長沙前進，（註三）我們連隊在長沙右側屬於第二防線準備迎擊日軍，這是我第一次上戰場殺日本鬼子，我蹲在壕溝裡想著，無故被抓來當兵殺日本人，會是我被殺？還是該死的日本人被殺呢？我想了一會兒我不能死在這裡，因爲父親一家人還在等我啊！這時候眼角流出了淚水，因爲我想回家，心裡想著我是王小二，我不能在此丟人現眼，「我！要活下來。」這是我心中唯一的信念。

劉排低著身子快速的到我面前來，打量了我：「怕嗎？王小二。」

我打起精神大聲回話：「怕死的就不要來！」

劉排看了很滿意說道：「不要到時候看見了滿堆的屍體，就嚇得尿褲子了，哈！哈！哈！」

我心裡想著：「劉排那一掛臘肉我遲早會討回來的。」劉排眞正的名字當時我還眞的不知道，只聽到別人對他的稱呼都是劉排，等到知道的時候那是後來的事了。劉排離開沒有多久砲彈聲、機槍聲此起彼落，這時候砲彈聲已經在旁邊震耳欲聾了，刺刀早已經掛在槍口上，我的心臟快速的跳動、呼吸越來越急促、手心開始冒出許多汗，要殺了嗎？怎麼開槍？什麼是保險？瞄哪裡呢？距離多遠就要開槍呢？等不及我再回想的時候，殺——殺聲此起彼落，我也被逼著一起向前衝，一邊流著眼淚一邊向前衝，看著旁邊的人倒下哀號，我也只能裝作沒看見。

白刃戰在戰場上露出最殘忍無情的一幕，有人用槍托打爛敵人的臉孔。有人用刺刀刺進敵人的身體，為了使刺刀順利拔出，刺刀再往上一提，腳用力一踹。有人則是刺刀旋轉一圈再抽出，使敵人沒有生存機會，不知道過了多久，日軍第一波攻擊被我們奮力擊退了，我們歡呼了一會兒，我隨即癱坐在壕溝中，想爬也爬不起來，原來白刃戰會讓人體力耗盡，我要回報人數，八員全員到齊。

過了沒有多久日軍的第二波攻擊馬上到來，這次日軍的氣焰更甚，還好我們撐了下來，從壕溝向外看陣地中遍地屍塊與屍體，有的雙眼睜的大大的，地上還遺留有眼珠子，有的腹部被刺中腸子流了出來，有的臉部五官已經分不清，還有缺手斷腳沒死的在那哀號著。這時候靜下來看見的是像拳頭般的老鼠啃食屍體的畫面，而我看的是膽顫心驚，噁心反胃持續不斷，槍差一點就拿不住了，天啊！這就是地獄嗎？還來不及回想，一顆砲彈就落在我的前方不遠處，我被這顆砲彈震的身體快要炸裂開來。殺聲響起日軍第三波攻擊來了，我提著槍邊流著眼淚向前衝，腳底踩的是已經被踏爛的屍體或是幾灘血水，只為了那一口氣，我要活下來！整個晚上就在陣地攻防戰中一夜未眠。

隔日清晨空氣中除了瀰漫著屍臭跟血腥味，嗅不到一點戰爭的煙硝，是我出現幻覺嗎？我的這班原來有七名班兵，這時候只剩下三名班兵了，有一位老兵拿著香菸遞給我，他說：「班長我看你挺年輕的，這應該是你第一次上戰場對吧！我看你看了很久，抽根菸壓壓驚吧！現在能休息就休息，過了不久就知道了，更慘的可能全連都會賠進去。」

我從老兵的手中拿出一根菸來抽，抽了幾口狂咳嗽，再抽幾口居然會抽了。「哇！這是什麼玩意兒？眞提神啊！」我驚訝的看著手上的這根香菸，老兵看我跟香菸有緣，就把剩下三根香菸全給了我，還叫我不要太早死掉，以免感受不到香菸的滋味。

中午吃飯休息的時候，劉排跟我說步二連已經撐不住了，上面說等下你們這班過去支援，心想：「我這班已剩下四人了還支援什麼？」劉排見我面有難色就說：「這就是命令，當命令要你去送死的時候你就要去。」我只好點點頭答應了，回頭跟剩下的人說明情況，大家也只能面面相覷了。

我帶著班兵來到步二連報到，這個連幾乎全員陣亡了，只剩下排長二名、班長五名、還有十幾個兵而已，劉排告訴我上面交代能守住的話我們也能守住，假如這個連也守不住的話大家就沒了，因此要我奮力守住這個陣地。步二連的謝排與黃排一起出來歡迎我，這時候我突然看見那日在火車站月台上，遇到的那五名班長的其中兩位，在言談中得知其他班長已經陣亡，看來他們二位沒有認出我來。分派任務之後，我們跟隨這兩位班長的後面，大家寒暄幾句之後，其中一位帶有四川口音的班長目光似乎對準了我，我趕緊假裝構築工事，幸好他沒有追上來。

異常寧靜的下午三時突然發出空襲警報，還來不及反應，日軍的戰鬥機已飛臨上空，炸彈已經落下，機槍向我們瘋狂的掃射，一時之間哀鴻遍野，趁亂之間日軍發起攻擊，兩軍在混亂中相互交戰，白刃進紅刃出的畫面從不間斷，不論是日軍還是我們，大家只為爭那一口氣而已。這時候其中一名班長被刺中腿部倒地不起，我趕緊上前解圍奮力殺死了那名日軍，這時我蹲了下來檢視這名欺負我的班長，他表情痛苦地說：「謝謝你救了我！」話還沒說完刺刀已經從胸口拔出，我感覺到胸口有暖液噴出，我趕緊壓住傷口，在臉頰旁一個低沉聲音：「你去死吧！」漸漸的呼吸聲停止了，我趕緊起來繼續戰鬥，這場戰鬥持續到傍晚約六點，陣地目前是暫時守住了，如果還有下一次我就真不敢說了。

在空檔休息吃飯時，有人發現我的兵籍名牌單位步一連跟名字連同衣服沾滿了血跡，大家都稱讚我很厲害很能打，我也點點頭表示認同。這時那位有著四川口音的班長，步伐蹣跚的走到我面前，低頭看了被鮮血染紅的兵籍名牌，不發一語的走了回去，這時我的心中異常平靜，我的目光一直注視著他的背影直到走遠。

晚上十一時原本是熟睡之刻，但今日氣氛不同，此時北風大作烏雲疾行，有一股山雨欲來風滿樓之勢，無人無不做好準備，大家也察覺到這決戰時刻即將來到。

「上刺刀，裝滿子彈！」謝排下了這可能是人生的最後一道命令。

一道閃電從天落下，一枚迫擊炮從天落下，不知道是閃電還是迫擊砲擊中了步二連連部，連部頓時火光四射，連旗也被雷火焚燒殆盡，此時不應該下的雨，大雨卻如狂瀑傾洩。殺——殺聲震天，所有人衝出掩體與日軍進行一場生死戰，正當我專心與日軍抗衡時，冷不防背後一個槍托重擊，痛得我趕緊回頭一看，原來是那帶有四川口音的班長：「王小二，去死！」又是連續砍劈，我本能的拿起步槍抵抗了好幾下，這時候老兵看見我一直抵擋，連忙跑過來大喊：「別打了，自己人啊！」老兵拿起步槍壓制住班長，老兵急著說：「別打了，自己人啊！」

這時心中早已充滿憤怒的我，用槍挑開了老兵的槍，老兵順勢退後了幾步，我開了一槍擊中班長的胸口，班長隨即倒地。一道閃光由下而上弧形劃出，老兵冷不防被日軍一刀從左腹劃中，刀鋒經過了脖子的動脈，頓時鮮血如噴泉四射，老兵的手作勢壓住脖子，還未壓住脖子就重重的摔倒在地上，我見到了這不可置信的一幕，「重擊再重擊」連續不知道多少次，槍托打爛了日軍的臉孔，最後刺刀刺進日軍身體腹部之處，旋轉半圈向右劃出，內臟伴隨著刺刀挑起。回頭我趕緊查看老兵的傷勢，老兵早已一動也不動，這時無情的雨水狠狠打在我的臉上，除了臉痛心更痛，忽有一隻手抓起我的衣領，「快走！這裡守不住了，上面叫我們快走。」只見劉排帶著我離開了步二連陣地，一路狂奔不知道跑了多久才追上連部。由於此役第十軍保衛長沙作戰失利，導致接連行動受到影響，軍事委員會非常憤怒，認爲軍長李玉堂指揮不當，當下即被撤職。

一九四一年十二月二十四日，長沙大雪覆蓋著整個司令部，軍長李玉堂因爲上次長沙作戰失利被撤職，由於當下無適當接替人選，軍長李玉堂願意戴罪立功，職位暫時保住，第九戰區司令薛岳要求第十軍死守長沙。前一日軍長李玉堂與我們全軍精神喊話：「一次的失敗不代表什麼，重要是有沒有在失敗後還能爬起來，我相信，第十軍就是那個在失敗後依然能夠站起來，腰桿還能挺的直，依然能夠屹立不搖的第十軍。這一次長沙無論如何都要守住，我們也是長沙的最後希望，長沙在，第十軍在、長沙亡，第十軍不存。」爲了雪恥「守住長沙，要回軍長」成了我們的口號，我們齊聲高喊：「守住長沙，要回軍長……」（註四）

當下大伙正忙著戰前準備，有一個新來的班兵端看我許久，我拿出三根香菸並點燃插在地上，雙手合十自言自語，新兵笑著說：「班長你搞啥子？」我對著班兵笑著搖頭，心裡在想：「那一晚沒有老兵的話，現在會是什麼情形呢？我死？老兵沒死？陣地守的住嗎？」一大堆問號圍繞著我。不想了，這一仗打給老兵看，讓老兵明白三支菸不是白白請的。

二十四日的夜晚長沙大雪紛飛，氣溫降至零度以下，厚重的棉衣依舊抵擋不住酷寒，入夜之後溫度更降得令人不敢呼吸。從連部傳來的訊息得知，日軍第六師團、第四十師團已經渡過新牆河與國軍第二十軍與第五十八軍交戰中。我的這一班在上次戰鬥中全數陣亡，這次一口氣補充了六個新兵，雖然沒有補齊，至少還算不錯了。

被騙當兵，離開家鄉已經有將近一年的光陰，之前還有寫封信回家，雖然識字不多，至少我認爲應該夠用，所以我寫了信回家，一提筆發現自己不識的字還眞不少，信中寫道，父親大人，王小二然後用紅筆畫一個圈圈在姓名上面。就這樣把信託人送出去了。家裡的情況現在不知道怎麼樣了，母親在生小弟時不幸難產，父親非常難過，父親又是大老粗只會幹粗活，家裡的事通通都不會。姐姐叫王美美，年齡大我一歲，只好擔起母親一職，家裡的事情都由姐姐包辦。二弟叫王小三有點叛逆，小我二歲去外頭做挑貨工作。三弟叫王小四，小我四歲，在家幫忙照顧跟他差二歲的小弟。小弟名叫王小五，而父親最寵小弟了，好吃的、好玩的還有最好的東西都先給小弟，有時候眞是忌妒小弟。

戰鬥持續到三十一日，日軍的第三師團、第六師團和第四十師團進攻至長沙城外，分別從北、東、南三個方向向長沙發起進攻。隔日日軍攻勢更加凌厲猛烈，日軍甚至喊出「到長沙城過元旦」的口號，而第六師團正是南京大屠殺的劊子手之一。（註五）

國軍一邊引誘日軍一邊退守第二線陣地，劉排急電連部表示修械所這裡快要守不住了，連長在電話裡大喊：「沒有守不住，只有守得住！劉排，只要你們有一個人逃回來我就槍斃誰。」劉排只好帶著我們殺出碉堡，再度與日軍進行一場廝殺，只爲了堅守陣地。日軍憑藉強大的火力優勢繼續向市區發動攻擊，日軍第三師團攻進市區與我們發生激烈戰鬥，第三十團見我們戰況不利，主動出擊協助抵抗日軍，一陣混亂廝殺之後，只見到劉排左手流著血，右手持手槍擊斃了一位日軍軍官，經過搜身之後，發現他是第三師團加藤素一大隊長，劉排在身上搜出機密文件，文

件內容大意：「……本部彈藥匱乏，補給告急……」劉排見此文件可能非常重要，馬上通知連部。（註六）

一月三日由於日軍攻進市區，而師長方先覺認爲二線陣地不能被突破，不能被日軍佔領，於是將妙高峰下的長街全部焚毀，以確保射界良好，而嶽麓山上的砲兵也同時向長沙的日軍展開攻擊，我們與日軍在湘雅醫院發生一遭又一遭白刃戰，雙方在攻防戰中互有傷亡，正當我們即將失守之時，自日軍後面傳來混亂吵雜聲，竟是友軍的反攻信號！原來是劉排自日軍搜到機密文件上呈之後，第九戰區司令薛岳看了高興的說：「有此情報，勝過千軍萬馬。」於是根據資料擬定作戰計畫，欲將日軍一網打盡。（註七）

長沙外包括先前調離的第四軍、第七十四軍加上第七十三軍及第九十九軍，第九戰區九個軍的兵力從東南、東北、西面和北面四個方向對長沙的日軍進行圍攻，（註八）打的日軍氣勢頓挫，不得已退回戰前之態，這次第十軍奮勇殺敵，總算完成上級交付的重要任務，洗刷上次在長沙的恥辱。

此次長沙大勝軍事委員會非常滿意，而第九戰區司令薛岳更是讚揚第十軍，而我們的連長及劉排也被上級長官公開表揚，連長升上營長，而劉排不幸的還是排長而已。劉排對此安排頗有微詞，認爲自己在戰場出生入死，可是上級認爲是連長指揮有功，所以連長的功勞比較重要，劉排找了幾位排長喝了幾口的悶酒，一吐心中不滿。

二

一九四四年五月，軍事委員會直接下命第十軍前往衡陽，確保西南地方中美空軍基地安全。六月我們到了衡陽與五十四師會合之後，發現衡陽就是不夜城，什麼東西都可以買到，大家都覺得不可思議，衡陽要打仗了嗎？第十軍軍長方先覺認爲衡陽將會成爲下一個長沙，勸導三十萬市民離開衡陽，而我被派至車站西站疏散市民，他們都是搭乘湘桂路線往西行，另外東站則是南行粵漢路線，當時站內一度混亂，甚至軍長方先覺還要求第十軍軍眷必須撤離衡陽，看來衡陽將要面臨一場比長沙還激烈的戰鬥。（註九）

「小心一點！不要跌倒了。」一位老伯要上火車前被眾人推擠跌倒了，我趕緊扶起老伯，老伯喃喃自語：「原本在南昌車站賣大餅討生活，結果日本人來南昌，自己逃難跑到衡陽來賣大餅過日子，現在日本人又要來衡陽，這次要逃往哪裡去呢？一把年紀走不動了。」老伯拍拍衣服身上的灰塵，腰子挺直獨自走向火車去。「小心一點！大家不要擠。」大家像逃難似的擠往火車站，人群越來越多，一位女同學不小心被推倒在地上，我趕快上前扶了起來：「同學妳沒事吧！」

「好痛，我，我沒什麼。」女同學自言，女同學看見是一位軍人扶她起來，頓時說話支支吾吾的，而兩人四目相交，我也害羞了起來，「同、同學沒有吃飯嗎？」我在說什麼話啊？

我心跳加速不敢注視：「不，不是的，同學。」

而女同學紅通著的臉：「沒事。」

女同學道謝之後就離去了，我遂加緊把無辜的人民送走遠離戰火。

自日軍實施一號作戰以來，中國各大城市相繼淪陷，六月十八日長沙、醴陵、湘潭、株洲等各地方相繼失守，日軍已經完成包圍衡陽準備，只等待攻擊命令。（註十）連長走了過來查看防禦工事，現在的連長不是之前的連長，因為之前在常德戰役中連長陣亡，所以由劉排接替，劉排真正的姓名是劉太城，山東濟南人。連長看了一下陣地摸著下巴說：「這次情況不比以前，很可能我們都會戰死，所以昨天發的薪餉有一半要給我吧！」我心裡滴咕這個劉排到底是人？還是魔鬼？在戰場上像人一般，平時像魔鬼一樣死要錢，到底要這麼多錢幹什麼？而且那還都是我的錢，真想告到上面去。

六月二十二日清晨，日軍飛機轟炸衡陽，並且投擲燃燒彈，造成市區大火蔓延，六月二十八日，日軍發起總攻擊，日軍傾全力的攻擊，無疑要把衡陽一口氣拿下，我們面臨空中的轟炸，正面又遇到最激烈的陣地攻防戰，陣線的崩潰是遲早的事。槍枝沒有了子彈，就用厚重的槍托打碎對方的胸骨吧！

槍枝沒有了子彈，就撿起石塊打爛對方的臉頰吧！

槍枝沒有了子彈，就用刺刀刺穿對方的心臟吧！

槍枝沒有了子彈，就用手榴彈代替子彈扔出炸死對方吧！

刺刀、手榴彈、迫擊砲能打能殺的能用的全部用盡。有人身上綁滿手榴彈，衝向日軍拉開保險，結果，手榴彈爆炸，自己被炸的屍骨無存，這時在我後面衝出一個體型壯碩的士兵，以三個手榴彈綁在一起爲一組，右手提著好幾組，用左手奮力一擲一組手榴彈，當場日軍被炸死炸傷的就有好幾個，原來就是他！之前騙我上當的「胖哥哥」伙房兵：「死吧！日本鬼子。」

那「胖哥哥」伙房兵名叫涂金材，平日大家都叫他「屠夫」，一開始他很生氣旁人笑他，他常讚美這個名字是父親幫他取的，涂金材的父親曾經學過易經、五行之術，所以他的名字按著五行相生而來的，涂金材還誇口跟我們說他的運勢是「潛龍在野」，他只是等待時機，能夠活到七十歲，而且金錢、銀兩會源源不斷，我內心想如果眞有這麼靈，大家都就叫「千歲我最有錢」不就好嗎？這時「屠夫」非常憤怒丟了好幾組手榴彈，日軍被炸死了不少人，惱怒的日軍用九二式重機槍掃射，「屠夫」身中數槍依然屹立不搖，這一幕看在眼裡刺在心裡，我應該救他嗎？幾個不怕死的日軍，衝了上去用刺刀刺向「屠夫」身體，「屠夫」的身體被刺刀捅的像蜂窩一般，此時「屠夫」生命走到盡頭，已經無力反擊，手榴彈掉落地面，引爆炸死在他身旁的日軍。

他可曾是騙我最深的人啊！沒有那一天，今天我就不會在這裡了，我會跟父親、姐姐他們吃團圓飯；但是我沒有從軍的話，家鄉會被日本鬼子佔領，那時我還能活到現在嗎？不！不是這樣的，他明明就該死的，不是我仁慈，是日本鬼子殘忍，是日本鬼子殺了你，不是我！我受傷了。「我……我的左臂有傷口，我沒有力氣報仇！」我安慰了自己，我是有意但不是故意的，是的就是這樣，而且端午節才剛過，我剛剛過二十歲，我還想要活久一點，王八蛋，鬼子又來了，衝啊——！

七月十一日，可恨的日本鬼子投擲了炸彈及燃燒彈之外，又投擲了毒氣彈，弟兄不是被炸的肚破腸流，就是被炸得血肉模糊，剩下的被毒氣毒死，我們退守到西禪寺，我們實在太累了只能隨地而躺，管他下面躺著是屍體還是其他東西。子彈已經幾乎打光了，我們步一連幾乎快被消滅殆盡，這時連長看著我們幾個剩下來的「殘兵」、「敗將」，起初默默無語，眼睛布滿血絲，左手臂綁著紅透的紗布，低聲告訴我們：「想逃、想走，一切由個人；想死，想投降，還是一切由個人。但是選擇前者一定沒機會。」「王小二！」連長突然喚我名字，害我嚇了一跳，我連忙回應：「報告連長，是！」「你的另一半我繼續保管，你不用擔心，擔心你自己就好了。」我心裡想都什麼時候了？還死要錢，這麼多錢你是要做什麼？你又知道我會戰死還是活著嗎？

對步一連而言今天這可能是最後一天了，因爲我們眞的是守到最後一刻，難道我們要戰死在西禪寺嗎？滿地都是戰死的屍體，炙熱的空氣中充滿了死亡的氣味，在這短暫片刻腦中充滿了殺伐聲、砲彈聲、哀嚎聲……，正當腦中聲音迴盪不停時槍聲響起，身旁的同伴額頭中了一槍，「周聖思！周聖思！不要死啊！給我活著啊！」我瘋狂大喊大叫，一直搖晃著死去的同伴，憤怒的我提起槍，爬出防禦工事衝向敵人，日軍也從四面八方衝向著我們，大家與日軍展開一場決死戰，「啊～」我的左大腿被日軍的刺刀劃到，再被日軍的槍托由左往右擊中下顎，刺刀再刺入左腹時，忍痛用刺刀向對方由頸部劃下，頓時對方步槍掉落立卽倒地，而我壓住左腹傷口一跛一跛離開現場，「班頭，快走，快走，這裡給我。」林木協這樣喊著，林木協是應「十萬青年十萬軍」來的，才來班上沒多久。冷不防一顆手榴彈落在旁邊接著爆炸，我來不及反應眼前一片黑暗……

突然我有了意識，慢慢的眼睛張了開來，這裡是哪裡？我怎麼是躺著？還有天花板？好痛！我又昏了過去。不知過了多久，我又恢復意識，再次醒來才發現我的左腹好痛啊！我想要爬起來看看，左腹的刺傷讓我沒有力氣爬起來，「護士！護士！人醒了，我的丈夫醒了。」有人這樣喊著，心裡正想是誰這麼幸運，身旁還有一位太太陪伴著，眼睛往右邊一看，有一位身形綽約多姿的女子正呼喊著護士，正當我要喊出來時，那女子歡喜回頭看了我：「王小二你醒了！」

「妳是誰？」我心中充滿疑問但是有點眼熟。

「王小二你忘了嗎？前些日子在衡陽車站我被人群推倒，你扶我起來的那位女同學啊！」

這時我想了起來：「對！我有印象，想起來了，妳不是逃難去了嗎？」

這時護士來檢查我的傷勢，看了我的傷口說我很幸運，左腹的刺傷沒有太深，過了一段時間就可以出院了。護士跟女同學叮嚀之後離去，女同學難過的說：「當初我搭火車離開之後，火車被日本飛機轟炸，火車翻了還好我只受了輕傷，後來我又回到衡陽想找你，可是我只記得你的名字王小二，我不知道你在哪裡。」

我一臉疑惑：「等等，妳怎麼知道我的名字呢？我又沒有告訴妳。」

女同學用手指點了我的左胸：「這裡啊！你的兵籍名牌寫著王小二。」

女同學繼續說：「日本鬼子打進衡陽，死了好多中國軍人，後來我在山腳下看見你被自己人抬了出來，我問了一下，他們說你死了。我不相信，我摸了你的脈搏還有跳動，趕快叫人把你送到醫院，但是衡陽的醫院已經被毀了，我拜託人把你送到貴陽來，這裡是貴陽，已經昏睡了一個月，我一直替你禱告，還好你度過險關了。」

「那妳爲什麼是我的太太呢？妳的名字呢？我不知道妳是誰？」我這樣質問女同學。

女同學回答：「我叫袁詠春，言字旁一個永，春天的春，袁—詠—春，一九一九年三月出生。父親在一次空襲中被日本人炸死了，只剩母親照顧我，我去南京讀書時，母親被強盜給殺了，我沒有親人了，求求你好心收留我，我實在沒有地方可去，只能依靠你了，原本我在南京的國立中央大學念書，抗戰後學校遷往重慶，在中途我的錢包被扒走了，後來逃到了衡陽，最後才遇見了你。做牛做馬我都願意，燒飯洗衣服我也會，求你給我一個地方睡覺就好，我眞的怕了。」說著袁詠春哭泣了起來，我連忙安慰袁詠春，想爬起來但是力不從心，袁詠春見狀趕快把我按下，我低聲著說：「妳這樣說的跟眞的一樣，我有點害怕，不然先待一陣子到時候看看再說。」

袁詠春連聲道謝：「謝謝王哥哥肯收留我，謝謝你。」

我又問：「那妳吃了嗎？多久沒吃了？」袁詠春搖搖頭微笑了一下，我從餐盤上拿了一個白饅頭：「自己餓了自己就吃。」

袁詠春還是搖搖頭，我說：「吃吧！」

袁詠春點了頭拿起饅頭，一下就吃完了，連忙道歉：「對不起，我實在太餓了，對不起！」

我連忙揮手：「沒關係啦！吃慢一點，多吃一點。」

後來袁詠春幫我打聽到步一連全數陣亡，而戰場上也不見連長屍首，衡陽整個失守，軍長方先覺帶著剩下的人投降日本鬼子，後來還聽說日本鬼子犧牲慘重，爲了報仇在衡陽燒殺擄掠，在市區四處放火。

「痛，痛，好痛！袁詠春小力一點。」我這樣哀嚎著。

袁詠春連忙道歉：「對不起，幫你換藥將就一點。」折騰了一段時間總算換好藥了。

我一臉痛苦的問：「我的傷什麼時候才會好？」

袁詠春笑了一下：「一輩子都不會好，只有我才能醫治好。」

經過了好些時日傷口終於治癒了，就在貴陽休養一陣子，一天心血來潮我對著袁詠春說：「想去逛逛街嗎？」

袁詠春點了頭說：「好啊，不然你每天在家裡會閒得發慌的。」

我：「妳的名字爲什麼叫詠春？」

袁詠春：「因爲我出生在三月，剛好季節是春天，父親很喜歡春天，所以要歌頌春天，便取名詠春。」在市集上看見有人正唱著京戲，我們便湊了上去看看，剛好這場戲是「四郎探母」，看了之後我不自覺流下眼淚，袁詠春幫我擦了臉上的淚水，袁詠春安慰著：「沒關係的，我們會回家的。」接著到了一個賣龍鬚糖的攤子，我順便買了一支龍鬚糖，詠春拿著龍鬚糖開心地擺起樣子，袁詠春笑起來還眞是很美麗。走著我累了就在一棵樹下坐了下來，袁詠春開始跳起舞來，袁詠春拉著我的手：「王小二，我們一起來跳舞吧！」

我有點不好意思揮揮手：「我不會跳舞，袁詠春。」

袁詠春說：「在上海我爸媽有時候會跳舞，你不會沒關係我教你。」

袁詠春放心對我說：「王小二你知道嗎？跟你在一起眞有安全感，我相信你是個好男人。」一時之間我不知道如何回答，袁詠春俏皮的說：「臉紅了！只是讚美你幾句，你不要害羞啦。」

這段期間我在貴陽養傷，而我的傷勢在袁詠春的細心照顧之下好了很多，袁詠春也很細心的打理每件事物。袁詠春打開房門：「王小二要不要去外面散步，我想去看看外面。」我跟著袁詠春到街上看看，不遠處看見一個舊書攤，袁詠春高興的跑了過去，完全忘記我的存在，其實書攤對我來說沒有太大的意義，但是對於袁詠春讀過書的人來說意義就不一樣，一下子袁詠春就看得入迷。

不知道過了多久袁詠春抬起頭看了四周，發現我不在身旁，立刻四處找尋，一時之間心慌意亂，像個無頭蒼蠅到處找人，最後在一處人家門前坐了下來抱頭痛哭，我正好從另外一方走了回來，看見袁詠春坐在門前哭泣著以爲發生了事情。

「袁詠春！袁詠春！怎麼坐在這邊呢？妳怎麼了，發生什麼事？」

袁詠春聽見是我的聲音抬起頭來看我：「王小二你去哪裡了？怎麼一下子人就不見了，四處找你都找不著，嚇死我了，以後不可以再這樣無聲無息走了。」

我輕輕抱了袁詠春：「好！好！我知道妳嚇壞了，別怕，我們回去了。」

袁詠春緊緊的跟著我走在後面，我回頭看了袁詠春：「肚子餓了嗎？我們進去吃個飯吧！」

我帶著袁詠春進入飯館，飯菜上桌袁詠春依然不敢先用，一定要我先吃了才敢用餐，我跟袁詠春說以後不要這樣，袁詠春只有點點頭。回到家裡我把袁詠春帶到梳妝台前：「袁詠春，不好意思讓妳擔心了，我特地買了一副耳環送給妳，跟妳賠不是。」

袁詠春皺了眉頭：「事情好像不是這樣吧！」袁詠春順便將耳環別上。

「哇！袁詠春好漂亮啊，眞是大美人啊！」我驚訝的說。

袁詠春笑了一笑：「胡扯，王小二最會胡扯，你以後不可以這樣嚇我，我會怕的。」

我輕聲地說：「好的！沒有下次。」

我思索著詠春一個大姑娘老是跟著我，又沒個名分會被人笑話，遂向上面申請結婚，上面居然快速同意了，雖然對方大我五歲，但是彼此之間卻沒有隔閡，而對方也沒有嫌我年紀輕，至少我表現的很沉穩。

一天，「妳上哪去了？」我在房間裡這樣喊著。

「我去市集看看，買你喜歡吃的菜，順便去看看衣服，回來晚一點了。」詠春喘呼呼在客廳一邊處理剛買回來的東西一邊整理客廳，「客廳要保持乾淨！」詠春這樣說道。

「你們上海人都是這樣子嗎？」我一臉狐疑的問道。

「沒錯，小帥哥。」詠春一邊處理買回來的菜並提高音量。

「嗯！果然都是我喜歡吃的，除了我喜歡吃的，那妳呢？」我來到客廳看看詠春買的菜。

「你願意接受我收留我，我就心滿意足了，我不會多要求什麼。」這時詠春低著頭眼角泛著淚水小聲說道。

「別哭了，我不是要怪妳，只是關心妳，希望妳對自己也要好一點。」我將詠春抱在懷中安撫著。

半夜詠春突然大叫，嚇得我醒了過來，我搖了詠春：「詠春！詠春！妳怎麼了？是作惡夢嗎？」詠春嚇的醒過來看著我，全身發抖立刻緊緊抱住我，在我的懷裡哭泣著，我安慰著詠春：「又作惡夢嗎？妳夢到什麼？是不是又夢到一群男人對妳不利？」詠春在我懷裡點點頭，我安慰著詠春：「好了別怕，那只是惡夢。」詠春哭著搖著頭。

隨著戰事越來越吃緊，顯然的日軍的一號作戰確實有了效果，我也準備要回去了，而第十軍已經全部被滅了，看來要重新找部隊了。

「詠春，詠春我回來了，詠春出來吧！」我高興的回到家裡，結果房屋裡面沒有人，「奇怪，詠春去那兒？」正當我疑惑著時，詠春提著許多東西腳步蹣跚的回來了。

「妳上哪去了？」「你回來了！」我和詠春同聲說道。

我接著說：「去買菜啊！」

「不然我能去那裡呢？而且買給你最喜歡吃的菜。」詠春笑咪咪得意的說。

我有點不好意思：「我擔心妳，怕妳不見了。」

「是怕我離開家，沒有人燒飯給你吃對吧？」天啊！詠春怎麼知道我在想什麼呢？「小二，我的肩膀緊了，頭有點不舒服，我的兩腳痠了，兩眼昏花了，快點來幫我按摩。這裡，太陽穴按按吧！輕點啊！肩膀啊！小腿啊！通通都要按摩，小心一點啊！我是王小二大將軍的夫人啊！」詠春這樣指著身體得意的說。

我大笑了起來：「將軍夫人妳說的都是！」我趕緊做做樣子幫詠春捶捶背。

一大清早我跟詠春一起去市集看看，哇！市集好熱鬧啊，什麼都有賣，雖然大家每天處在戰爭之中，但是大伙一致認爲中國一定能趕走日本人，收復東三省。逛著熱鬧的街道來到舊書攤前，隨手翻閱了幾本書，詠春看得很仔細，而我大字不識小字也不識，什麼隋唐演義、儒林外史、大學、水滸傳、聖經等，一大堆看不懂的書隨便翻了幾頁，我催促著詠春到別處去逛逛。走著走到一攤賣豬肉的，我停下腳步在豬肉攤前一直盯著那一塊塊的豬肉，想起十七歲的除夕那一天，這時腦中一片模糊，眼睛開始淚流不止，詠春看到我呆在肉攤前眼神不對，在我的耳邊輕聲說：「我們回家吧！小二。」順勢牽起我的手一起靜靜的離開。

在路上兩人默默無語，不知是我牽著詠春的手，還是詠春緊緊拉住我的手，兩人快到家時，剛好遇到幾位婆婆媽媽正在門外聊天，耳邊聽到她們在說：「妳看看那個說是上海來的姑娘嫁給小五歲的小帥哥，不知道是眞的假的？不是吧！是小十歲吧！是不是小伙子看見對方是上海人有錢，故意騙那姑娘的？對啊！從上海跑到貴陽，只有兩個人？騙我們沒見過世面嗎？」詠春拉緊我的手，頭也不回的大步往前走去，回到家中詠春立刻將門窗緊閉，而我則呆坐在椅子上望著詠春，詠春臉上留下兩行淚，賭氣的說：「你不是因爲我家住上海認爲我有錢，而我也不是被你騙過來的，對吧！小二。」這時詠春擦乾了眼淚，我點點了頭。

隨著歐戰結束目前只剩日本頑強抵抗，盟軍更有力量來對付日軍，戰爭結束的那天指日可待，而我被編到第十五師，部隊目前在後方整訓中。

一天下午部隊休假我帶著詠春愛吃的點心回家，一進門我就喊著：「詠春，詠春我回來了，詠春我回來了！奇怪了，詠春上那去呢？怎麼家裡沒有人？」

等了許久詠春也沒有回來，自己出去逛逛，在街上逛逛看見布料店走了進去，看見詠春正在買衣服，我便不出聲站在旁邊看看，詠春買完衣服轉身過來看見我在一旁，頓時嚇了一跳，「你以為這樣很好笑嗎？」詠春跺腳生氣的說，「晚飯自己想辦法，老娘累了。」詠春就直接走出大門，頭也不回的獨自走了。

我趕緊上前跟詠春道歉，一路上詠春嘴一直嘟嘟的，什麼話也不肯說，直到進了家門，詠春生氣的說：「你以為這樣很好笑嗎？」我趕緊跪在地，求詠春原諒我，過了許久詠春突然笑了出來：「小二整你很好玩。」

我的天啊！我看起來有那麼好玩嗎？我趕緊奉上詠春愛吃的點心，詠春拿出剛買的衣服給我穿：「你看看應該合身吧！」我試穿之後不錯很好看：「不愧是我的好詠春。」詠春吃起點心得意洋洋的笑，我心中也放下一顆大石頭，詠春對著我說：「小二你知道嗎？記得南昌還沒淪陷前，我在車站提著行李時，遇到一個新兵，那個新兵莽莽撞撞的，撞到好幾個人，我被撞倒在地上，那個新兵把人撞倒了也不扶人起來就跑了，連說一句對不起都沒有。我記得你說過那時候你在南昌，你認識他嗎？不要被我遇到，否則我一定叫他跪地求饒。」

我仔細想想好像有這麼一回事喔！「糟糕這件事不能承認，否則晚餐沒得吃了，以後也沒有好日子可以過了。」我立即否認沒有這件事也不知道。

「你緊張什麼？我又不是說你幹的。」詠春百思不解的說。

三

六月十日，第十五師接到命令即刻開往桂林，我跟隨著軍隊前往桂林，這時日軍的攻勢不再像以往凌厲，加上我們的裝備都是美式裝備，打得日本鬼子無力招架。一九四五年八月六日美軍在廣島投下原子彈，隨後八月九日在長崎也投下原子彈，逼得日本宣布無條件投降，這原子彈有多大威力呢？當時我並不了解，只知道一顆就可以使日本投降，那我們打了幾千萬顆子彈還打不下來，表示這顆原子彈威力強大，事後才得知原子彈的威力嚇人，可以毀滅人類。

抗戰勝利之後我回到貴陽，準備帶著詠春一起回家鄉，「我回來了，詠春，東西收拾一下我們準備回家。」我高興地回到家中，這時候只見詠春臉色凝重手持一封信，頓時我有一種不祥的念頭，之前我寫了一封信回家，這時內心惶恐的我請詠春把信中的內容念了出來，信是姐姐回的，信中說道：「你寫的信我們收到了，見你安好又成家，父親很高興。不幸的是二弟爲了買米，在路上被盜匪搶走身上的錢，然後被殺害了，父親悲傷萬分。姐姐與三弟、四弟均安，最近治安非常不好，很多人打家劫舍，叫我們目前暫時別回來。」

詠春沒有說一句話，只是安靜的坐在角落看著我，最聰明懂事的二弟走了，仗都打完了，還要死人！人死的不夠多嗎？其實抗戰勝利只是一時的，重點是人民的生活，當時物價上漲，通貨膨脹壓力很大，有錢不見得可以買到東西，甚至帶了一袋麻布袋的錢才可以換來一點東西。有人在鄉村鼓吹向地主要錢要田、實施民主制度、消除貪污腐敗、組成民主政府，很多人開始起來反對國府，這時蔣委員長開始與共產黨和談，幾次會談但是沒有好的結果。

國軍在各地接受日軍的投降，部分地區甚至是華北、東北，均遭到八路軍的阻撓，一九四五年三月國民黨與共產黨軍事衝突發生，一九四六年三月四平街戰役爆發，國共第二次內戰正式拉開序幕。

「詠春最近少出門，門窗隨時關好，少跟陌生人說話，了解嗎？」我叮嚀著詠春。

詠春很擔心地說：「你一定要小心喔！凡事不要硬出頭，這個家還要等你回來。」

我答應之後給了詠春一個擁抱，回到師部途中經過一座廟宇，看看廟宇香火鼎盛，進了廟燒了香問了卦，卦上這樣說：「初啼試聲驚四座，花開花謝優曇現，回首來時方恨少，寄身會所到末了。」看了許久還是百思不得其解，算了，快到師部報到去。

由於美國居中調停，國共暫時休兵，我們被迫暫時停止行動，部隊整個處於休息狀態，這時利用休假我回到家中看看詠春，詠春看到我回來驚訝不已，疑問怎麼要打仗又跑回來不打了嗎？我無奈說道：「美國人插手協調兩方不能打，所以我們就休假了。咦！妳的臉上怎麼有紅腫？我看看，妳的右手臂也有受傷的樣子，怎麼了是誰欺負妳？」

我看詠春不太對勁，她連忙說：「前幾天下雨路滑，我提東西不小心跌倒，沒事你放心。」

這時我稍微放心地說：「小心一點，都幾歲了。」

好光景沒幾日，國府下令全面進攻共產黨，不知道是我們太弱，還是對方太強，我們被打得落花流水，我們在哪裡共軍就在哪裡，整個部隊的動作好像共軍都曉得一般。

⸻

當我回到家門口時聽見屋內兩人談話聲音。

「我說過我不會再幫你們了，你們這樣子逼我不是叫我一塊去死嗎？」這是詠春的聲音！

「叫妳辦事只是一件小事而已，妳連這件事都辦不好，虧妳還讀過大學，妳這個廢物。當初要不是我們的話，妳跟妳的丈夫會有今日嗎？少給我在那邊裝可憐，快把交代妳的事情辦好，否則到時候妳的皮肉又有的痛了，賤人！」這是男子的聲音是陌生的。

正當陌生男子要走出門時我正站在門口，陌生男子與詠春皆嚇了一跳。

詠春驚訝地說：「小二，我……我……我不是，你不要生氣，事情是這樣的我告訴你，你不要生氣，你……你眞的不要生氣……」

這時陌生男子左手拿出手槍：「小子你早該死了！還讓你活到現在。」

詠春大聲吶喊：「黃千鶴你不可以這樣！」

對方的槍口在我與詠春之間擺盪著……

我回頭問詠春：「詠春這是怎麼一回事？我有點聽不懂！」

詠春哭著說：「那一年你在衡陽重傷昏迷，當時我想救你，但是我只是一個弱女子，我實在沒辦法，於是我找了幾個大學同學來幫忙，想辦法把你送到醫院，我說過我身上的錢被扒了，我拜託他們一定要幫忙救你，他們籌了一些錢出來找了醫生救了你。後來我才知道他們是民主聯盟的人，他們要我探聽你們部隊的動向，我說我不知道我也不曾問過你，幾次下來他們惱怒了逼我……」話還沒說完詠春哭了起來。

我問詠春：「是不是他們動手打妳？是不是？那天看妳的臉跟手臂都有傷痕是嗎？」

此時詠春哭著點了頭，這時對方的槍口對準了我大喊：「國民黨去死吧！」

我趕緊先發制人，與對方搶奪手槍，搶奪過程中手槍朝地板連續擊發二次，這時對方右手從背後拿出尖刀朝我刺來，詠春見狀趕緊試圖要擋住尖刀，不幸的是尖刀速度太快，詠春根本無法擋住，尖刀已經插在詠春的胸口，我狠狠的一拳打在對方的臉上，趕緊抱起詠春看著傷勢，全身發抖的我握著詠春的手喊著：「詠春～詠春～妳不能死啊！我們趕快去醫院，妳的傷醫生一定可以醫治好的，就與我上次受傷的情形一樣。」

此時詠春氣若游絲的說：「小二我可以告訴你一個好消息嗎？」

我顫抖的答應：「好詠春，妳說。」

詠春用盡力氣地說：「我有了，四個多月了，恭喜……」

突然詠春眼一閉、身一軟、手一攤，氣—絕—了，我不敢相信摯愛就這樣走了，我一直喊著詠春的名字，緊緊抱著那逐漸冰冷的詠春放聲痛哭，這時有人帶著數名警察來到了家中。

在警局我呆坐在桌前，警察正在問我發生的經過，這時有一位長官走了過來，拍了我的肩膀：「小兄弟十五師啊！」

「報告長官，是的。」我立刻回答，抬頭一看居然是軍長李玉堂，我立卽站了起來。

李玉堂拍了肩膀叫我坐下不要緊張：「小兄弟你的事情我聽說了，警察先生，這小伙子是軍人，我的小兵，這事交給我處理行嗎？關於那間賣衣服的給你們做業績處理行嗎？」

警察先生：「沒問題，他是你們的人你們處理就好了，其他的我們來就可以了。」

手續辦完之後李玉堂就領我出去了，在回去的路上，李玉堂只說事情辦完了來三十二師。

回到家裡看著空蕩蕩的客廳，想著詠春雖然是上海姑娘，但是卻沒有上海人的氣勢凌人，只有農村村民的老實憨厚，想想她的父母親雙亡，身上也沒錢，不知她是如何度過的？也不曾告訴我經過，從來不爲自己只爲他人著想，想著想著已經是淚流滿面了，過了許久，東西收拾之後，擦乾了眼淚把門關上向第三十二師報到。

一九四七年五月十六日，整編第七十四師與師長張靈甫被滅於孟良崮，國軍五大王牌之首被滅，國軍爲之震撼。一九四八年第三十二軍擴編完成，被調派至濟南地區與共軍作戰，九月展開了濟南保衛戰，濟南的位置十分重要，所以這是一場艱難而且必須要贏的的戰爭，我們除了正面面對華東野戰軍之外，還要提防地下組織暗地裡的偸襲，最難防範的就是友軍，甚至是自己人是否會「起義」，一時之間猜疑心四起大家互不信任。

整個氣氛不知道從何時開始，不知爲何與共軍作戰時總有一股使不上力的感覺，對方的戰術運用總是在我們之上，終日衆人人心惶惶。一九四八年九月二十四日濟南淪陷，整體戰力形成敵長我消的情勢，導致往後徐蚌會戰轉爲守勢。

徐蚌會戰於一九四九年一月十日結束，國軍損失超過五十五萬人。一九四九年四月二十日國共和談破裂，共軍開始渡江攻擊，四月二十一日江陰要塞司令戴戎光叛變，江陰要塞失守。五月二十二日上海開始撤退，停靠在碼頭旁的船早已裝滿了白銀、黃金、彈藥、武器……等。

由於上船的人實在太多，身邊的家當、銀兩、物資全部留在碼頭，甚至直接投入河中，黃金如糞土一般被棄置在路上、河面上。有父母年邁不願上船只求孩子離開，有人上不了船就把孩子交給陌生人帶走，船上原先裝載彈藥、武器、白銀等，由於登船人數實在太多，只好開始丟棄，人只要能上船就好，其他的東西可以不要。國軍原本按建制依序上船，但是前方登船狀況不佳，部隊人心浮動，有軍長拋棄部屬自己登船，第二十一軍軍長王X俊、第三十七軍軍長羅X闓便是如此。爲了能擠上船衆人利用勾索爬上船，船上憲兵向下開槍，被擊中的人從舷邊落下海，或摔死在碼頭上，人間煉獄就此上演！五月二十五日晚上從上海駛出最後一艘渡輪「海鷹號」，航向臺灣基隆港。（註十一）

十月十三日國軍撤離廣州，陸續撤退到海南島，廣州淪陷，由於海南島上有瓊崖縱隊襲擊，戰爭未爆發前已可預期，這是一場艱苦之戰。薛岳爲海南島防衛司令，認爲由陸軍、海軍、空軍建立立體的「伯陵防線」，共軍將無法越雷池一步。薛岳對我們宣告：「空中有飛機，海上有兵艦，岸上有要塞重炮，對付共軍的民船渡海，不足爲慮。海南島是反攻復國的良好跳板，沒有海南島就沒有臺灣，共軍沒有海軍、空軍，不能渡海作戰。」而第三十二軍，負責瓊東區木欄港到烏石港防務，我們在打擊瓊崖縱隊的成績非常出色，期待在戰爭爆發前一舉消滅五指山的土

共。（註十二）

一九五〇年四月十六日晚上，共軍四百多艘機帆船強渡海南島，海上的共軍與早期上岸的四十軍與瓊崖縱隊裡應外合夾擊國軍，共軍迅速占領灘頭。薛岳命令部隊支援黃竹、美亭，我們則在美亭與共軍決戰，一層又一層的包圍與反包圍，我們與共軍皆爲消滅對方而戰，共軍的人數實在太多，漸漸的我們開始潰不成軍，第三十二軍接到指示往楡林港移動，準備撤離海南島，共軍四十軍則追擊在後，在港口登船的軍民人心浮動，裝備、武器、物資全數留在碼頭。突然外圍槍響大作，原來是共軍少部分兵力已經追上來了，這時候我彷彿看見一個熟悉的背影，內心反覆疑問：「他好眼熟喔！他是誰呢？一時之間想不起來。」

共軍之間忽然丟出一顆手榴彈，手榴彈在那人面前爆炸，當場炸死了不少人，那人前方剛好有人擋住了手榴彈，幸運的那人沒死，我趕緊上前扶那人起來：「長官，長官你還好嗎？哪裡受傷了？」那人滿身是血，身上還沾有一些屍塊，不知道是自己流的血還是被他人的血噴濺的！那人抬起頭來兩眼無神注視著我，「劉太城！」我驚訝地喊了出來。

「哇～哇～死了，大家都死了……」連長好似痴呆似的胡言亂語。

我問了旁邊的人：「怎麼了？連長怎麼了？」

「不會吧！剛才人還好好的啊！」旁邊的人疑惑說著。

「連長！連長！你還好嗎？」我跟旁人一直安撫著連長，順便擦乾臉上的血。

旁人問我：「你怎麼認識他的？」

我這樣回答：「他是我在衡陽的連長，在衡陽時是第十軍，後來我受傷就不知道了。」

「他有說過他在衡陽是第十軍，最後軍長方先覺帶著他們剩下的人投降，有一次他趁日本人不注意逃了出來，現在是我們的連長，剛才人還好好的，會不會是手榴彈爆炸影響的？不行，看樣子連長不行了，快走！船要開了，不要管瘋子了！」旁邊的人這樣說道。

我注視連長好幾秒鐘：「不行，劉太城上船走吧！」於是我帶著連長登船去。

有人想要上船被船上憲兵開槍打死，有人攀爬纜繩上船下場也是被打死落入海中。忽然旁邊有人拉住我的手，「長官行行好，把我們的孩子帶走吧！」我回頭一看是一對年輕夫妻哭著拉著我的手，我看了一下：「你們剛才說什麼？我沒聽清楚。」

丈夫說道：「請長官把我們孩子帶走吧！小孩今年才五歲而已，求求你了長官……」

我惶恐的說：「我，我不是什麼長官，你們把小孩交給我，我、我不知道……」

「拜託了長官！求你了。」丈夫把小孩推給我。

「來世我們願意爲你做牛做馬！」妻子哭著握緊我的雙手。

「好吧！孩子交我吧。」我點了頭，抱著一個小女孩，和連長一塊上船。「對了，孩子的姓名呢？」急急忙忙忘了問，正當我轉身回去時，驚見那對夫妻一起投海自盡，我趕緊抱著孩子往船上走，有位少校軍官狠狠的撞了我，我生氣的喊著：「軍官上船不用排隊啊！」

「不然你去投訴我啊！死小兵。」那位少校軍官狠狠的說。

憲兵攔住了我：「有船票嗎？」

「長官我有，這票給你！」我從腰際間拿出一條黃金遞給了憲兵。

憲兵快速拿走藏在腰際間，憲兵吆喝著：「快～快上船去。」到了船上眞是又擠沒地方坐，「借過，借過！」好不容易走到倉庫邊，把女孩藏起來不要被發現，並且去安置連長。

突然有人從碼頭攻擊船艦，「是老共嗎？」「共產黨來了！」大家還搞不清楚狀況，船上的人拿起槍向碼頭方向還擊，結果雙方互有傷亡，事情的始末是中央軍根本沒有通知地方軍撤退，造成地方軍無法上船憤而攻擊船艦，趁亂之中船長下令開船，由於登船人數實在太多，連要一個小小位置坐下來也很困難。

船艦漸漸地駛離榆林港，航向臺灣的「高雄港」，這一天是一九五零年五月一日，從共軍渡海進攻海南島，十四天的時間海南島淪陷，而在家鄉的家人呢？我們就像孤兒一般隨波逐流，對於前景一臉茫然無知。

第一天晚上大多數的人因爲白天的逃難而疲累熟睡，只剩下少數人是暗自哭泣的，他們心裡面是擔心害怕的，也希望只是短暫的離開而已，期盼幾年之後冉打回去。半夜三更有吵雜聲，似乎有人在大叫，我起身一看，是連長瘋狂亂喊有人要殺他，我趕緊安撫連長的情緒，旁邊有幾人顯得不耐煩，連長情緒穩定之後，一切就顯得平靜許多。我不知睡了多久，耳邊傳來吵雜聲，我起身一看，有幾個人圍著某人，那被衆人圍繞的是連長，連長手上握著一把不知道哪裡撿來的尖物，一直對著衆人揮舞著並大喊：「你們不要過來～臭日本鬼子～」

有一個中校軍官不耐煩：「吵夠了沒，瘋夠了沒，瘋子不想活就把你扔到海裡！」中校軍官說著慢慢接近連長身邊，我大喊：「殺八路軍都沒有對付自己人還兇狠，只是一個瘋子就要如此對待，軍官很了不起嗎？」「小子說話乾淨一點小心我辦你！」那位中校軍官瞪著我生氣回答，冷不防連長手持尖物刺向中校軍官，中校軍官閃了身子，幾人趁機合力將連長制伏，中校軍官叫人把連長丟進海裡，看了看海面冷笑一聲「哼！」回頭瞪了我一眼，我趕緊到船邊看了海面，海面在月光照映之下顯得羞澀，不敢想像遇到連長不到一天，還來不及問清楚，連長在我的面前發瘋似的，好不容易大家上了船要去臺灣了，結果被人丟下海去，我望著海面呼喊：「劉太城！劉太城！劉排——」一切事情來的好快好急，讓人理不清情已亂。

經過三天的海上旅程，終於抵達高雄港了，船艦停泊在高雄港外已經是第二天了，船艦暫時不能靠港，據說賈幼慧副司令也來了，聽說是孫立人總司令命令，從大陸撤退來臺灣的部隊，要繳械並清查人數，重新整編並且防止有人趁機滲透。第二十一兵團司令劉安祺他們也搭乘同一艘船，司令劉安祺對此非常不滿意，認為能夠撤退出來已經很辛苦了，在船上糧食已經不夠了，加上水也快沒了，已經快要鬧出人命了，雙方交涉之下總司令孫立人依然堅持已見，無奈從海南島撤退來臺的部隊必須繳械。

下了船之後我們被安排到小學住宿，而政府正在規畫在各地蓋房子，至少要等到新的房子蓋好之後，才有可能住進新房子。先把小孩子安頓好，一個小孩才五歲而已，就要承受大人的痛苦，眞的太辛苦了。過了沒有幾天消息傳來，軍長李玉堂跟妻子一同被逮捕，這個消息令我們大吃一驚，實在很難相信軍長李玉堂會與共產黨接觸，一九五一年二月五日軍長李玉堂夫婦遭到槍決，罪名是「包庇叛徒」與「煽惑軍人逃叛未遂」。（註十三）

四

一九五五年八月二十日，孫立人將軍因「郭廷亮匪諜案」以「縱容」部屬武裝叛亂，「窩藏共匪」，「密謀犯上」罪名，被判「長期拘禁」。（註十四）

一九五七年年底部隊被調往烈嶼修築坑道，烈嶼就是大家所稱的小金門，那時臺海情勢緊張，蔣總統特別調派部隊駐防金門與馬祖，我們第三零二師卽是如此。說實在話在坑道工作眞是辛苦，工兵炸了坑道，我們就要想辦法把石頭運出去，這些石頭都是花崗岩，非常堅固所以難炸又重，說一句實在話，搬石頭比打仗還辛苦。

一九五八年八月，中共開始針對馬祖砲擊，甚至雙方發生空戰，使得臺海情勢萬分緊張，任何人都可以嗅到不尋常的煙硝味。八月二十三日下午五點多金門哨兵回報，對岸的砲衣已經脫下來，多人正在保養擦拭砲管，但是大家認爲只是一般的保養裝備，時間到了六點三十分，大家正在盥洗中，一陣又一陣砲擊聲驚醒了大家，大家趕快奪門衝出，「是老共，老共打過來了！」「快點，進入掩體！」大家急急忙忙地進入作戰位置，這時通訊全部中斷，大家沒有接到命令不敢還擊。

我方一陣沉默之後開始有人反擊了，「哇～」「太棒了！」聽到自己人的發砲聲大家一陣歡呼，「這次一定要給共產黨好看！」有人高興的這樣說，一整個晚上就是在這砲擊中度過的。後來大家才搞清楚中共把附近三百多門砲全部用上，三位副司令先後不幸陣亡，打的金門各處斷垣殘壁、寸草不生，這時候除了海、空運補困難之外，料羅灣戰況慘烈，海軍與空軍經常與中共接戰，而島上的電話線常常被炸斷，導致要派有線兵冒著危險接線保持通信暢通。

由於中共持續砲擊金門地區，此舉引起美國的關切，便派遣第七艦隊協防臺灣海峽，協助臺灣補給並給予支援。九月十八日國軍實施代號「轟雷計畫」，由美國提供203mm/L25，最大射程十六公里的火砲，六門自走砲及六門牽引砲，俗稱八吋榴砲，分批運抵金門，九月二十六日第一次使用八吋榴砲情況下，造成對方前所未有的打擊。砲戰已經歷四十四天，統計金門面積一百三十四點五平方公里，落彈十一萬四千多發，烈嶼十三點六平方公里面積，落彈二十四萬多發，大膽、二膽總面積約零點八平方公里，落彈近十二萬發，尤其以烈嶼的落彈數最多。（註十五）

戰事總有結束的那一天，中共國防部部長彭德懷在十月二十五日宣布「單打雙停」之後，一九七九年一月一日中華人民共和國與美國正式建交，同時宣布停止對金門地區實施砲擊，中華民國與美國也隨卽斷絕外交關係。

自從美軍第七艦隊協防臺灣之後，中共不再像早期氣焰囂張，兩岸的局勢稍微緩和下來，劍拔弩張的氣氛減少了。這次部隊放了大假，在海象不是很好的情況下，軍艦終於安全抵達基隆港，我們這些陸軍下了船的第一件事就是——吐，在船上大伙已經吐成一片，下了船還是繼續吐，我趕緊將儀容整理好搭上火車回家去。

到了后里車站之後，我馬不停蹄趕到后里新村，后里新村是我現在住的地方，距離后里車站很接近。還沒到門口我高興喊著：「連長！連長！我是王小二。」

這時從屋子裡傳出聲音：「爸爸回來了！」

大門打開來看到的是剪了一個學生頭的女學生，我這樣俏皮說道：「好可愛的學生頭啊！」

女學生嘟著嘴假裝生氣：「爸~你又來了！」

劉連長高興的拿出高粱酒來：「士官長，趕快進來吃飯吧！怡安去盛飯倒酒，今天要跟你爸聊上天。多喝一點，你才剛下船應該吃了不少苦頭，補充一下。」

我這樣苦笑：「連長你搞我啊！你怎麼知道我在船上弱不禁風？」

劉連長叼著菸不屑的說：「不要叫我連長了，連長沒人要幹，只是剛好接了連長缺，叫我品福就好了，喝酒，你以爲身高一七五，人長得帥就是鐵打的啊？子彈看到你就掉頭啊？」

我很高興地說：「怡安快倒酒給你劉叔叔喝，不要讓劉叔叔停下來啊！」

怡安生氣地回答：「爸，你又要欺負人啊！你除了欺負人之外還能做什麼？吃飯啦！」

我一臉無辜的說：「我？怡安妳要說清楚啊，我是爸爸，妳怎麼可以欺負妳爸呢？」

劉品福趁機說道：「你看吧！妳女兒不挺你了，還是劉叔叔比較好。怡安今年上初中二年級，妳要多看顧怡安，看看部隊能不能調近一點。」

我很得意的說：「品福，我知道，我都知道，如果可以的話，怡安交給你啦！」

怡安生氣：「爸，你很過分喔，女兒是可以隨便換爸爸的啊？小心你老了看誰來照顧你？」

劉品福點頭大聲的說：「是啊！妳爸爸眞壞，是個大壞蛋。」

我假裝生氣的說：「怡安都是妳亂說話，罰酒喝！」

劉品福不服氣的說：「王小二，你欺負你女兒喔！人家幾歲啊！一直叫女孩子喝酒。」

我大聲地說：「我女兒！她啊！啥都不會只會喝酒。」

怡安在旁嘟嘴生氣，大家在這說說鬧鬧的氣氛中度過一個下午。在連長家用完餐後帶著怡安回家去，連長家離我們家十分鐘路程，我不在家時，是劉品福與李媽媽輪流照顧怡安的，怡安自己很努力讀書，現就讀豐原初中。怡安打開鐵盒子：「爸，這是這些日子換來的錢，你收起來。」

我一臉擔心說道：「怡安妳又去撿皮子啊！不要去了，出事了怎麼辦？那裡危險。」

怡安很放心地安慰我：「不會啦！大家都去撿，而且大家都沒事，我想撿一些回來換點錢，讓家裡好過一點，爸你不要擔心我。」

我憂心的說：「妳的功課我不擔心，我只要妳要平平安安長大。」

我又接著說：「靶場不是一個好地方，不知道的事情還很多，怎麼知道會不會遇到未爆彈？家裡再怎麼窮我也不希望妳有差錯，其他爸會想辦法。」

怡安：「爸！我已經十四歲了，我懂事了，我也要幫忙這個家。」

我實在拗不過怡安只好點頭同意。幸運的，部隊從小金門調回臺灣，離家比較近一點。

今天是五月一日，怡安十五歲的生日，我特別排了休假回來，在路上看見糕餅店進去買了一個雞蛋蛋糕。

「爸今天休假啊！」怡安放學回到家這樣說，「爸你會做菜啊？」怡安又驚又喜的說。

「怡安，把妳爸說的一無是處，老是聽了品福叔叔那幾句話，爸看起來眞的很沒用嗎？」我一臉無辜的說。

「爸老實說，在我學會做菜煮飯前，你做的飯菜已經很難吃了，等我學會時，你做的飯菜眞的有—夠—難—吃—！」怡安這樣堅定的說。

「今天的菜是我買回來的，不是我自己做的。」我慢條斯理的說。

「是啦！爸你買水餃、海帶、滷蛋，當然你都不會做，而且你還拿軍中口糧的牛肉來配菜。」怡安馬上回嘴，我實在說不過怡安只好嚥下這口氣。

「怡安今天是妳十五歲生日，祝我的好女兒生日快樂。」我舉起裝滿高粱酒的杯子。

「爸，我記得這是你第一次幫我過生日，爲什麼今天要特別慶祝？很奇怪喔！」怡安這樣疑惑回答，也舉起裝滿高粱酒的杯子向我致意。

「怡安妳不要想太多，是爸平日對妳照顧不夠，一點點補償，妳看我還特地去買了雞蛋蛋糕給妳慶祝，希望妳今年能考到好學校。」這時我從盒子拿出一個手掌大小的蛋糕。

「爸你這花了多少錢買的？怎麼買得這麼小啊！」怡安有點氣又有點笑意，眼中含著淚水。

我俏皮的說：「爸在路上已經先吃了一塊，所以妳的看起來比較小塊。」

「爸你又胡亂來了。」怡安有點生氣。

「祝怡安生日快樂，考上理想的高中。」我高興大聲說道，「壽星要許三個願望。」

怡安：「爸你太無聊了，你去哪裡學來的？壽星要許三個願望？」

「對啊！不然呢？」我回應。

怡安：「那這樣的話，我的第一個願望是我與爸爸永遠在一起。」

我笑了一下：「傻孩子！哪有許這種願望？」

怡安不理會我繼續許願：「第二個願望就是我們家變成有錢人家。」

當我聽到這時頭都暈了，我說：「壽星只能默許第三個願望，不能把願望說出來。」

怡安眼睛閉上安靜一會兒默默說了一些話：「好了，願望許完了。」會心一笑舉杯慶祝。

「班長你帶著幾個人去把水溝清清，把樹枝剪一剪，颱風瑪麗可能會來，如果不來也會刮大風下大雨。」我這樣說道。

正當在檢查營舍防颱準備時，連長傳令跑了過來：「士官長！士官長！連長、副連長急事找你，趕快回連長室。」

「喔！我曉得，我交代一下，馬上去。」跟值星排長、幾位班長交代事項之後飛奔回連長室，「報告連長……」話還沒說完連長就叫了我進去，一進連長室只見連長與副連長臉色凝重，連長看了一下副連長，副連長：「士官長你先不要緊張，先坐下來，剛才第三總醫院打電話來，說你的女兒在靶場被炸彈炸傷，現場還有好幾名民眾也受傷甚至死亡，眞正的情況還是要到醫院才知道，說不定你女兒沒事，等一下寫假單交給連長，目前人在第三總醫院，出門不要慌張，有什麼需要跟我們說一聲。」

連長：「士官長這是我跟副連長的一點意思，湊湊沒有多少，只有一千元，沒有一定要還，路上小心。」

我起身感謝連長、副連長：「謝謝連長、副連長我先離開了。」

出了連長室我的頭一陣暈眩，怡安出了什麼事？是不是跑去靶場撿皮子去了，已經告誡過她了，千萬不能出任何意外啊！帶著忐忑不安的心來到第三總醫院急診室，只見急診室擠滿了人，我找了急診櫃台一問：「護士小姐！護士小姐！請問王怡安在哪裡？我是她的父親。」

櫃台護士：「你問一下其他人好嗎？我現在很忙，一時之間太多病人要處理，我現在沒有空！」我看見了一位醫生就跑去問了醫生：「醫生，請問你知道王怡安嗎？」

醫生輕聲的說：「士官長你問錯人了，沒關係我幫你問看看。」

我連忙感謝：「謝謝你，謝謝醫生。」

醫生問了幾人之後告訴我人現在在開刀房。開刀房門口一直有醫生與護士進出，在開刀房門口待了不知道多久時間，開刀房門口打開了，幾位醫生走了出來，一群人圍繞在醫生旁詢問親人狀況，有位醫師喊著：「有誰是王怡安的家屬嗎？」

我趕緊湊上前：「醫生，我就是王怡安的家屬。」

醫生：「你是王怡安的家屬？父親嗎？」

我點點頭：「是的，醫生我是王怡安的父親，她的狀況如何？還好嗎？要緊嗎？」

醫生臉色凝重的說：「病人目前的右小腿被炸斷，剛才清創傷口，由於整隻小腿被炸斷，無法接回去，勢必要截肢，其他的傷口還好，目前擔心傷口有感染問題，你們要有心裡準備，義肢的費用不便宜，如果要更好的醫療資源，建議去臺北三總、臺大醫院或是榮總。」

「謝謝醫生，謝謝醫生。」我連忙感謝。

手術後，怡安終於被推了出來，送到了病房，約半小時後，「怡安妳醒了！妳醒多久了？怎麼沒叫爸呢？」我坐在椅子上剛睡醒，怡安則一直注視天花板許久，我也默默無語。

「爸！我的右腿沒了對吧！」怡安突然問我。

我驚慌著回答：「是！是！妳的右腿沒有了，不過爸會想辦法，爸會想辦法的，爸會讓妳站起來的。」

怡安：「爸對不起，早該聽你話的，害得爸爸擔心了，爸我想要坐著可以幫我嗎？」

「好！怡安小心點，慢慢來。」我小心翼翼幫怡安扶起來靠在床邊，由於怡安傷勢嚴重，右腳才剛動完手術，要坐起來是件很辛苦的事，我拿了枕頭放在怡安背後，我安慰著怡安：「沒關係，爸爸當妳的腿，妳不要擔心了，爸爸照顧妳。」

怡安：「爸對不起！對不起！爸可以抱抱我嗎？我的腳好痛！」怡安說完開始大哭起來，我將怡安抱在懷裡讓她大哭，我心裡想著：「詠春，這應該如何是好？」詠春這麼聰明應該有辦法的，可以告訴我嗎？這時詠春在身邊該有多好！

一大早我趴在床上睡著，有人搖晃著我的身體，「爸！爸！部隊起床！」怡安正在喊著。

我趕緊跳了起來喊著：「部隊起床！」喊完之後我回頭看了怡安一眼，房間裡所有人目光注視著我，我小心地坐了下來。

「爸我感覺右腳很冷，可以幫我要一條毯子嗎？」怡安小聲地說。

「沒有問題，好怡安。」我低著身子在怡安耳邊說，起身走出房外去找護士，怡安的眼眶泛著淚水，心裡想著不是故意要整爸的，只是不想讓爸看見自己痛苦的樣子，這時候怡安心裡打定主意。

「連長你來了，還讓你撥空來，眞不好意思。」我起身說道。

連長：「士官長你客氣了，營長特別要我來關心你女兒的。」

「謝謝營長的關心，請連長務必幫我轉達。」我這樣的說。

連長看了怡安：「怡安妹妹妳好，我是連長代表營長來關心妳。」

「連長你好！」怡安話還沒說完，連長便從胸口拿出一個紅包放在怡安手中。

我見狀說道：「怡安千萬不能收紅包！」

連長卻以命令口吻：「這是營長要求，士官長不得抗命。」無奈之下我跟怡安只能感謝。

⁂

隨著日子一天一天過去，怡安的傷口開始不再像之前那麼疼痛，自己開始慢慢下床練習走路，「品福叔叔！你怎麼來了？」怡安高興的說。

「當然是來看妳的，品福叔叔怎麼會看妳那疏忽的爸呢！」劉品福歡喜的說。

我有點生氣的說：「劉品福謝謝你來看我們家的怡安！」

劉品福不服氣的說：「怡安是后里新村的女兒，大家關心她是應該的，這是美國蘋果有營養的給怡安吃，怡安的腳打算如何處理？」我接過蘋果帶著劉品福去外面談話，轉身跟在床上的怡安說：「待在床上不要下床，爸跟品福叔叔說個話，一會兒就回來。」

過了一會兒我與劉品福從外面回來，看見怡安不在床上，我心裡不好念頭衝了上來：「品福，怡安出走了，快跟我去找回來！」

劉品福疑惑的說：「你怎麼知道怡安出走了？」

我急著說：「虧你還說怡安是你女兒！你太不了解怡安了，怡安的個性你今天才知道嗎？」

怡安拄著拐杖一步一步走到醫院門口，環顧了四周決心要離開醫院，我與劉品福追至門口，「怡安一定往右邊市區方向走去！」我肯定的說。

劉品福滿是疑問：「王小二你怎麼知道？」

我很篤定的說：「因爲我猜的！」

怡安在六月的太陽底下走的格外辛苦，心裡想著自己少了一隻腳，爸勢必要多一分心來照顧她，甚至要照顧她一輩子，自己覺得這樣對不起爸，而且爸早已提醒過靶場的危險性，自己太任意而爲了，想想離開爸身邊爸才不會操心。怡安獨自走著快被烈日曬暈了頭，左腳開始出現痠痛，右腿傷口開始滲血出來，走著走著怡安的眼角有了淚水，跟旁邊的店家討了水喝繼續往前走。

從後方傳來了聲音，「怡安！怡安！等一下！」怡安回頭一看是爸爸跟品福叔叔，怡安裝做沒聽見繼續往前走，「怡安！怡安！別走！剩一隻腳還走這麼快！累死品福叔叔了。」劉品福喘吁吁邊跑邊說，兩人追到怡安的面前看著怡安，怡安低著頭不敢抬起，這時候三人無語，誰也不敢先開口，「怡安，爸背妳，走！」說著我背起怡安，劉品福接過拐杖三人走回醫院。

走到半途，「爸！對不起是我的錯，又害你操心了。」怡安小聲對我說。

「笨女兒，就是笨女兒，下次再這樣，爸就眞的不理妳了，妳心裡想什麼爸會不知道？爸說過當妳一輩子的腳，說到就做到。」我這樣回答。

「爸，下次我不會這麼笨了。」怡安小聲說著。

「妳還有下次？」我聽了直搖頭。

⁘⁘⁘

怡安出院回到家中，左鄰右舍大家都來關心怡安，熱心的大伯大嬸帶了好多的食物來，家裡沒多大的空間已經被擠滿，大家你一句我一句都關心著怡安，我趕緊把鄰居送來的食物、水果收了下來，這時候我抗議了：「拜託一下，你們都關心怡安都不理我啊！」

這時候有人說話了：「士官長！怡安不只是你的女兒，也是大家的女兒，怡安我們從小看到大，我們關心怡安，你吃個什麼醋勁，你的腿又沒有斷掉，你發什麼牢騷啊！」當場我啞口無言，只能當個傻子。有人問我：「士官長，讓孩子整天拿著拐杖也不好，我們湊合點錢，去臺北讓孩子裝義肢走路吧！」我充滿感謝的說：「我們不能白拿你們的錢，你們大家肯把怡安當成白己的家人，我就已經不知如何感謝了，錢我一定會想辦法的。」我跟怡安一起感謝大家的幫忙。

這段期間怡安表面上對我總是笑咪咪的，但是她沒有辦法參加今年的高中考試，心裡一定很受傷的，而且少了一條腿，許多事情無法獨立完成，一定會造成心裡的壓力，怡安又是好勝心強的人，有時候我眞不知道如何面對怡安，總是覺得自己愧對怡安許多。休假時我會帶著怡安四周走走，漸漸地怡安反而不願意與我出門，有時候看到怡安躲在房間不肯出來，問了幾句怡安也不想回答。今天我正好休假想去見一位老朋友克強，爲了騙怡安一起出門，就假裝自己需要幫忙，怡安這才答應同行。我和怡安起個大早從后里搭上火車到達臺中車站，走出車站怡安看見臺中車站建築造型非常特別，爲此多看了幾眼，發現車站正中央的兩側裝飾著很多水果。

怡安特別問我：「爸，你看上面有什麼水果？」

我看了幾眼實在看不懂隨口說說：「榴槤、蘋果，其他的不知道。」怡安很不高興的說：「爸你很不認眞呢！不跟你說話了。」

我帶著怡安到了綠川，怡安好奇問我：「爸這是哪裡？怎麼房屋蓋在河邊呢？這樣不會有危險嗎？那家裡髒水就排進溪裡不會太噁心嗎？」

我點點頭說：「妳想他們能住那裡？我們從大陸逃出來了，可是在臺灣呢？我們什麼也不是，現在政府也不想打回去，妳說呢？」怡安低著頭靠在我身邊默默無語。

過了沒有多久走到一戶人家門口，我大喊：「克強兄在嗎？我是王小二。」

這時裡面有人回應了：「是，王小二進來吧！」

於是我跟怡安進入了屋子，與克強兄就天南地北的聊了起來。

五

今年的冬天提早又很冷，再過幾天就是過年了，連上弟兄正在打掃環境，連長告訴我師部保防官找我，問了連長是什麼事？連長表示自己也不是很清楚，到了師部找到了保防官，保防官旁邊站了兩名憲兵，保防官：「我問什麼你答什麼！你是王小二！江西省南昌市人！」

我回答：「是的長官。」

保防官：「袁詠春是你的什麼人？」

我回答：「是的，是我的妻子，請問長官發生什麼事嗎？」

保防官生氣的說：「少廢話，問你問題回答問題。」

保防官：「袁詠春是民主聯盟的人你知道嗎？」

我回答：「我的妻子不是民主聯盟的人！她不是。」

保防官大聲的說：「我問什麼你答什麼，不用回答結果。」

保防官繼續說：「袁詠春什麼時候開始接近你的？」

我回答：「我在衡陽受了重傷，醒來時在貴陽，詠春就在我身邊了。」

保防官：「這就對了，還有其他人接近你嗎？」

我回答：「沒有，並沒有人接近我。」

保防官拍了桌子：「胡說，事情給我仔細想清楚再說！」

我有點激動地說：「長官，沒有人接近我，我的身旁只有詠春而已。」

保防官：「好，黃千鶴你認識嗎？他可是去你家好多次！」

我回答：「我只看過他一次，就一次而已。」

保防官：「你知道黃千鶴是民主聯盟的人嗎？」

我回答：「我知道，但是，是……」

我的話還沒說完就被保防官打斷：「好，你知道。」

保防官繼續說：「趙立行、陳輝、熊天平認識嗎？」

我回答：「這些人我都不認識，他們是誰？」

保防官不屑的說：「這些人你都不認識？這些人跟袁詠春在貴陽接觸過你，你會不知道？一派胡言！」保防官轉頭叫旁邊的憲兵把我帶走。

我被兩名憲兵押至車上，車子一路駛離營區，我心裡想著到底發生什麼事呢？那件事不是過了很久了嗎？怎麼這時又被拿出來呢？想到萬一我出了事，怡安行動不方便有誰能照顧她呢？車子又駛入另一個營區，我被帶到一個營房，這間營房很大，中間只有一張桌子跟兩張椅子以及一盞白燈，我坐在其中一張椅子上觀望四周，過了不知道多久有人進來房間，進來的是一位少校軍官。

我馬上起立敬禮：「長官好！」

少校軍官客氣的說：「室內不用敬禮，坐下，坐吧！」

我急忙地問道：「長官到底發生什麼事了？」

少校軍官客氣的回答：「沒事，不用緊張，上面在查間諜滲入軍隊一事，抽菸嗎？」少校軍官遞了一根菸給我並點了它，我深深吸了兩口菸。

少校軍官：「我問什麼你答什麼，老實的回答。」
少校軍官繼續問：「你叫什麼名字？」
我立刻回答：「報告長官，我叫王小二，江西南昌人溪洪村人。」
少校軍官嚴肅了起來：「我說過我問什麼你答什麼，老實的回答，其他多餘的不用回答。」
少校軍官：「袁詠春是你什麼人？」
我回答：「我的妻子！」
少校軍官：「你們在哪裡認識的？」
我回答：「在衡陽車站。」
少校軍官：「你們怎麼認識的？」
我回答：「當時軍長要求百姓離開衡陽，因爲這裡卽將發生一場大戰，命令我們在車站引導百姓離開，當時我被派在西站，去西站的人都是走湘桂線，就是在那時我遇見詠春的，也只是一個照面而已。」
少校軍官點點頭：「衡陽受傷之後你去了哪裡？」
我回答：「我受了重傷昏了過去，醒來時在貴陽的一間醫院。」
少校軍官繼續問：「那時候是誰照顧你？」
我回答：「我昏迷了一個月，醒來時是詠春在我身邊。」
少校軍官說：「繼續說！」
我回答：「詠春跟我說她家住上海，父母親雙亡，念的是南京中央大學，身上的錢被扒走，走投無路才依靠我。」

少校軍官問：「你不覺得有什麼問題嗎？」

我回答：「當下我沒有想這麼多，不過當時詠春確實身上沒錢。」

少校軍官問：「她是不是故意接近你的，演戲演出來的？」

我堅定的回答：「不可能，詠春不是那種人！」

少校軍官問：「任何事情都有可能發生。」

我回答：「有一次我發現她的臉上跟手臂上都有瘀青，那不是演出來的。」

少校軍官問：「你怎麼確定那不是演出來的？」

我回答：「有一次我回去，在門口我聽見他們的對話，我確定不是演的！」

少校軍官問：「他們是誰？那些人？」

我回答：「就是詠春跟黃千鶴而已，我聽見詠春一直不願意回覆民主聯盟的要求，而被他們毆打，甚至還放話下次詠春再不照著話做，他們還要繼續打詠春。」

少校軍官問：「後來就發生你的妻子爲你擋刀不幸身亡，聽說你的妻子還懷了身孕。」我低著頭：「是的，那是我一輩子的痛。」

少校軍官：「好，我知道了。」少校軍官離開了房間，接下來又是一片沉寂，迷迷糊糊我趴睡在桌上不知道過了多久。

突然有兩個憲兵進來把我拉了起來，帶到另一個房間，我極力反抗，結果憲兵拿出短棍在我身上一陣猛打，其中一記悶棍打中我的左腹，我頓時痛的倒在地上，過了沒有多久醒來，我已經被人吊了起來。一位中尉政戰軍官手上拿著短棍，得意地走到面前對著我說：「問什麼你答什麼！你叫什麼名字？」
我看了眼前軍官一眼：「我叫王小二。」
中尉政戰軍官繼續問：「你認識袁詠春嗎？」
我低著頭回答：「在衡陽車站認識的。」
中尉政戰軍官問道：「袁詠春是你的什麼人？」
我回答：「我的妻子。」
中尉政戰軍官繼續問：「你知道她是民主聯盟的人嗎？」
我回答：「我不知道，我只知道她是我的妻子。」
中尉政戰軍官笑了一下：「既然是你的妻子，你會不知道她是民主聯盟的人？你知情不報？」
我回答：「長官我不知道！」
中尉政戰軍官將短棍從我的臉上狠狠的打下：「你會不知道？你在唬我啊！」
同時我痛的叫出來，幾乎我快昏了過去，中尉政戰軍官得意的說：「包藏匪諜啊！再問你袁詠春與黃千鶴的關係知道多少？」
我的嘴角開始流著血：「我不知道，我只知道詠春是我的妻子。」
中尉政戰軍官：「我問什麼你答什麼！你他媽的！在廢話嗎？」
又是一記棍子打在我的身上，中尉政戰軍官：「趙立行、熊天平、陳輝認識嗎？」
我小聲回答：「不認識他們。」

中尉政戰軍官的棍子又在我的身上落下：「不會大聲說話嗎？」
我依舊小聲回答：「不會，長官！」
中尉政戰軍官聽了火了，棍子邊打邊說：「不會大聲說話，我就讓你大聲說話！」
此時中尉政戰軍官喘口氣說：「媽的，身子有一七零又那麼壯，打的我累死了！王小二你去過布料店嗎？」
我已經痛的快說不出話來：「去過一次，跟詠春回來的。」
中尉政戰軍官：「袁詠春經常去布料店你知道嗎？」
我回答：「知道！」
中尉政戰軍官：「你爲什麼沒有向上呈報呢？」
我勉強回答：「當時我認爲那只是一般的布料店而已！」
中尉政戰軍官語帶憤怒：「看看你們打些什麼仗啊！打個屁啊！連敵人在身邊都不知道，難怪整個大陸都被你們敗光光，還敢說，屁！」
中尉政戰軍官接著說：「都是聽你在嘴硬！」
此時中尉政戰軍官的棍子狠狠地打在我的身上，我承受不住昏了過去。

⋯⋯⋯⋯⋯⋯

不知道昏了多久一盆冷水潑在我的臉上，寒冷的天氣加上久未進食與棍棒伺候，身體已承受不住如此煎熬，這時中尉政戰軍官指著桌上：「有清菜豆腐飯和一杯水，只要你從實招來，馬上可以吃飯喝水，並且放你離開。明天就是除夕了，不想回家跟妳女兒過年嗎？」

「明天就是除夕了！我已經進來三天了，怡安呢？自己一個人在家會不會有事？」我內心著急著，中尉政戰軍官口氣緩和的說：「考慮一下！」

我點頭答應：「好！我說，全部都說出來。」

中尉政戰軍官滿懷笑容叫旁邊的憲兵拿白紙來：「說吧！把你知道的說出來，說出來之後給你飯吃、放你離開。」

我開始大聲說：「袁詠春是我的妻子，她不是民主聯盟的人，她是一個單純上海小姑娘，從來沒有做出對不起國家的事，我也不認識民主聯盟的人……」

在一旁原本帶著微笑的中尉政戰軍官聽了我的「自白」之後，臉色勃然大怒：「他媽的！王小二你說什麼？叫你說什麼你居然亂說話，我要你好看。」

中尉政戰軍官像似歇斯底里般地拿起短棍在我的身上一陣亂打，自己打累了接著叫人把我的頭壓入水缸裡，一次又一次讓我不能呼吸，接著我又被吊了起來，中尉政戰軍官拿起碗飯對著我說：「好樣的，你說的話，我答應給你吃飯。」接著就把碗整個壓在我的臉上，我只能發出嗚嗚……的聲音，接著中尉政戰軍官又是一陣棍棒……

⁘⁘⁘

獨自在家的怡安感到不安，原本爸爸說今年過年不會回來，但是會請品福叔叔來看怡安的，結果一點消息也沒有。忽然門外有人喊著：「怡安！怡安！我是品福叔叔，妳爸出事了！」

「是品福叔叔，我爸出了什麼事？」怡安拄著拐杖走了出來，怡安打開大門：「品福叔叔，我爸出了什麼事？你趕快說呀！」

劉品福上氣不接下氣：「妳爸今年沒法回來過年，託我來看你的生活，結果妳爸一直沒跟我聯絡，我以為他一時忙忘了，我打了電話給連上，結果連長告訴我他被師部保防官帶走了，說是妳爸以前有件事跟共產黨有關，要帶回去問清楚，結果一去就三、四天，一點音訊都沒有，後來我打聽到妳爸被抓起來，現在還在問訊中，聽說因為不承認被修理得很慘。」

怡安聽了大吃一驚：「不可能！不可能！爸爸不是共產黨，爸爸不是壞人，品福叔叔你快告訴我，如何救我爸出來？我一定要救我爸出來！」

劉品福面有難色地說：「不是我不救，而是我們的官階都太小，沒人會理我們的。」

怡安安慰劉品福：「沒關係，品福叔叔你先回去，謝謝你品福叔叔。」

劉品福：「怡安我這就去找人幫忙，妳在家裡待著，一有消息叔叔會跟妳聯絡。」

怡安點了頭回到家中，打了通電話給連長，連長表示確有此事，這時怡安千頭萬緒心亂如麻。怡安靈機一動，突然想起聽人家說過，一個勳章可以換一命，覺得這方法可以一試，想想爸爸應該得過很多勳章吧！於是怡安進入爸爸的房間，找了半天就是沒找到勳章，怡安內心覺得納悶：「爸爸從來不提起以前的事，難道爸爸是真的如品福叔叔說得很差勁嗎？」怡安打開衣櫃一件一件地翻開，看看勳章是否別在衣服上，翻遍了就是沒看見有勳章別在衣服上，怡安看見一件很舊的衣服，那是一件墨綠色舊大毛衣，怡安特別摸了一下，發現胸口有東西，怡安心中有一絲喜悅，以為是要找的勳章，結果伸手去摸口袋有一只信封跟一張泛黃的照片和一個紅色小袋子，信封裡有一張新的信紙與一張舊的信紙折在一起，怡安好奇的打開新的信紙一看，看完之後怡安不敢置信信中所寫的，顫抖的雙手緩緩地打開另外一張，怡安的右手摀住了快要叫出來的嘴：「爸！爸！爸～」怡安轉身走出房間，急忙著要去找父親。

由於走的太急了，拐杖沒有拄穩，少了一隻腳的怡安，整個身子重心不穩摔倒在地上，怡安的頭撞到牆角，「爸爸，爸爸……你在哪裡？……爸……」怡安痛苦地一直喊著，兩張信紙就掉落在眼前，此時怡安根本無力爬起，強烈的冷空氣從空中與地板夾擊，怡安的意識從清明、痛苦逐漸到混沌不清，體溫漸漸下降，聲音從明亮到小聲再到無聲。

中尉政戰軍官把王小二打得不成人形，心中的怒氣暫時得以壓下。

「王小二你是招還是不招？」中尉政戰軍官用緩和口氣對著我說。

我用盡所有力氣：「我招！我招了！全部我都招了！」

中尉政戰軍官帶著笑意手拿棍子指著桌上說：「早點招不就少一點皮肉痛嗎？真笨！快說吧！」

我的嘴角勉強上揚：「長沙的兩次大戰、從常德到後來的衡陽決戰，我殺盡日本鬼子，你在哪裡？與八路軍的濟南作戰，廣州甚至到海南島美亭決戰，你在哪裡？八二三老共炮打金門你又在哪裡？多少弟兄戰死沙場你又在哪裡？只不過是個中尉有什麼了不起，逃命撤退你們這些軍官跑第一，幾個軍官會打仗的？大撤退時軍官永遠是第一個上飛機上船的，下面的弟兄全部丟了不管了，你算什麼東西，中尉軍官？」

中尉政戰軍官聽完之後心中的怒火再難以壓制，拿起短棍又是一陣猛打狠踹，旁邊兩名憲兵看得不敢出聲靠近，此時中尉政戰軍官突然一記棍棒從腦袋狠狠地打下，此時我已經血流滿面早已不省人事了。

一個原本該是闔家團圓的除夕夜，一道救護車聲音驚動正在吃團圓飯的人，救護車鳴笛急奔醫院急診室，救護車到了急診室門口，院內醫師與護士衝了出來，合力把患者抬下車，放上病床急忙地推進手術房。不知道過了多久，手術室的門打了，醫生走了出來看了一下，走到座椅邊拍拍排長的肩膀輕聲說：「排長，排長醒醒吧！手術完了，病人沒事了。」

排長突然驚醒：「是！是！醫生，對不起我睡太久了……手術可以了，謝謝醫生。」

醫生點點頭交代要注意頭部傷口就離開了，排長回到病房看了病人還未醒來，就坐在旁邊等候，排長見病人醒來高興了一下。

「這裡是哪裡？我在哪裡？我的頭好痛！我的頭怎麼了？」怡安醒來的第一句話。

「這裡是醫院，妳剛做完頭部手術，現在已經沒事了，我是連長派來關心妳的，結果看見妳倒在地上，我叫了救護車，趕快送醫急救，現在沒事了。」排長接著說。

「我爸呢？我爸呢？你們有沒有人救我爸？」怡安突然急躁了起來，怡安開始歇斯底里地喊著：「要找爸爸！還我爸爸！」排長趕快通知護士前來，幾名護士壓制住情緒激動的怡安並通知醫生，護士給怡安打了針之後，沒有多久怡安安靜地睡了過去，醫生告訴排長給怡安注射的是鎮定劑，過些時間怡安醒了再觀察看看。

過了半天之後，怡安醒了過來，看見品福叔叔跟排長在旁邊，劉品福見怡安醒過來：「怡安醒了，怡安還好嗎？身體有沒有不舒服的？肚子餓不餓？劉叔叔有準備吃的。」

怡安遲疑了一下回答：「爸呢？爸在不在？我要找爸！」

劉品福安慰怡安：「妳爸快回來了，妳爸已經在路上。」

怡安情緒開始激動起來：「我要找爸！告訴我爸現在哪裡？品福叔叔你們騙我，你們全部人都騙我！」護士再打一針怡安逐漸安靜下來並且睡著，劉品福心想這孩子沒見到父親絕不罷休，心裡開始焦慮起來，不知道結果如何？劉品福跟排長商量了一下，醫院這部分自己處理，排長先回去連隊回報狀況，排長允諾之後就起身離開。

「爸爸！爸爸！你不能死啊！爸爸你醒過來啊～」怡安口中一直喊著。

李媽媽叫著怡安：「怡安妳醒醒啊！」

怡安突然驚醒過來，好像被夢境嚇醒，怡安哭了起來：「爸爸，我夢見爸爸死了，爸爸死了～」怡安的情緒開始激動了起來，發現手腳被綁住，怡安的情緒更是爆發。李媽媽趕緊安慰怡安：「怡安妳冷靜一點，這樣對妳不好，先冷靜下來，醫生看過之後覺得妳可以了就會幫妳鬆綁，聽話孩子，我知道妳現在很難過，但是妳要冷靜下來處理事情這樣才對。」

怡安聽完之後情緒逐漸穩定下來，但是還是淚流滿面：「李媽媽，我想爸，我真的很想爸，我有好多問題要問爸。」

李媽媽安慰著怡安：「這些問題等妳爸回來再問他，現在先把自己照顧好，不要讓妳爸操心，妳已經十六歲了，加油，妳爸是好人，好人會長命的。」

怡安哭著點點頭，李媽媽幫怡安整理儀容：「女孩子不要哭喔！到時候嫁不出去沒人要。」

「我要爸爸，我只要爸爸！」怡安小聲地說。

「傻孩子妳不可能跟著妳爸一輩子，妳長大了還是要嫁人的。」李媽媽這樣說。

「我要陪在爸爸身邊一輩子。」怡安賭氣的說。

李媽媽無奈地說：「大家看著吧！看誰比較說得比較準啊！」

過了幾天怡安在李媽媽陪伴下出院回家，怡安坐著李媽媽送她的輪椅，路上李媽媽還念了王小二：「沒錢沒關係，先買輪椅代步，義肢等以後有錢再說，這個都想不到怎麼當好爸爸？」

怡安替爸爸緩頰：「爸很辛苦的，李媽媽妳不可以說我爸的不是，輪椅的錢我會還，就是不可以說我爸的壞話。」

李媽媽聽了心裡有點害怕的：「以前她爸說一句，這孩子會堵她爸的，怎麼一下子都變了，不能說她爸的壞話。」

李媽媽與怡安回到家中，李媽媽整理一下客廳，進了廚房看看，怡安坐在輪椅上看著客廳，李媽媽從廚房走出來喊著：「怡安，家裡沒東西了，我去買些東西，順便買個午餐回來，等我啊，不要亂跑。」

怡安若有所思的回答：「好的。」

環顧著客廳每一角落，怡安走進爸爸的房間，從桌上拿起那二封信，一遍看完又看一遍。新的信紙是這樣寫的：

怡安青鑒：

當妳先看見這封信的內容，而不是爸爸親口對妳說時，表示妳這個爸爸已經離世了，前封的信中已經很明白說明我不是妳的親生父親，但是妳的父母生前交代我要好好照顧妳，所以我盡可能做好父親的角色，妳的父母是在榆林港上船前將你託付給我的，交託之後他們投海自盡，所以爸爸幫妳過的生日就是那一天，看完之後希望妳能諒解妳這個不好的爸爸。

祝　永遠平安

王小二

舊的信紙是如此寫的：

來不及親眼看見長大的張怡安：

我是不負責任的父親與不負責任的母親，很抱歉，爸媽以後不能陪在妳的身旁了，共產黨來了，我們帶著妳想要逃離這裡，可惜我們身上沒錢又沒船票，萬般無奈之下我們想了一個方法，就是想辦法把妳送出去，我們想到軍人有辦法上船，於是我們盡量把你交給軍人帶走，希望妳要對未來照顧妳的人孝順。感謝照顧怡安的人，你對怡安的好，怡安一定會十倍還你的，謝謝你，感謝照顧怡安的大善人。

絕筆　張四維　李梅春

過了好些天爸爸依然沒有回來，來的人都是附近認識的鄰居，有些人以前還會來我們家，自從知道爸爸扯到共產黨時就遠離我家，不過這樣也好，少一些人來家裡，家裡安靜了許多，只是爸爸你到底去了哪裡？問了每一個人都說不知道，連品福叔叔也不知道，甚至連長也被調走，而營長居然辦了退伍。

某一天下午有人按了門鈴，「爸爸，是爸爸回來了！」怡安滿懷喜悅地打開大門，眼前站的不是爸爸是陌生人。

「妳好，請問這是士官長的家嗎？我是營長。」陌生人這樣說。

怡安嚇了一跳：「營長你好，請進，請坐。」

怡安接著說：「營長請用茶。」

營長：「不！不！妳不方便我來就好了。」營長自己倒杯水給怡安也給自己。

怡安說：「謝謝營長，請問營長今天有什麼事嗎？聽說營長要退伍了！」

營長：「沒事，只是來關心士官長而已，聽士官長提起有一個行動不方便的女兒，特別來關心一下，看看有什麼需要幫助的地方，而且我要退伍了，看一下部屬也是應該的。」

怡安笑著說：「謝謝營長的關心，我們家目前還過得去，請營長放心。」

營長說：「好！好！有任何問題一定要說。」

怡安說：「謝謝營長我有問題！請問營長我爸呢？我爸去哪裡了？我問了很多人都說不知道，請營長明確告訴我。」營長聽了之後一時愕然，心中沒想到對方會如此問。

營長無奈的說：「實在很對不起，王怡安小姐，恕我不能多說。」

怡安內心情緒開始壓抑不住：「我爸爸不是共產黨，他不是壞人，他沒有做出對不起國家的事，請還爸爸給我，我只要我爸爸回來就好。」

營長面有難色從口袋中拿出一紙袋遞給怡安：「對不起王怡安小姐，營長我只能盡一點心力而已，希望妳能收下。」

怡安將營長遞來的紙袋擋住：「營長我們不要錢，即使我需要，也不能收，這是你的辛苦錢，恕我不能收下，而且爸曾經說過，要當人就要當頂天立地的人，這個錢請營長收回。」

營長點頭：「是，士官長教得好。」

營長將紙袋放在桌上，起身說道：「東西你收下，以後有機會用的到，關於士官長部分，王怡安小姐妳放心，營長會努力的，不用送我了。」說完營長轉身離去，客廳只剩下怡安獨自一人，怡安注視著擺盪的時鐘，不知不覺睡著了。

怡安在夢中聽見大門外的電鈴突然響起，坐在客廳的怡安興奮的起身：「是爸回來了！」夢中的怡安三步併兩步衝出門外打開大門：「爸你回來了，爸，女兒好想你。」這時怡安大叫：「他不是爸爸！」只見這人形似王小二，低著頭站在門口穿著軍服，披著墨綠色舊大毛衣，夢中的怡安高興的說：「爸你怎麼不說話，你怎麼全身都是血，你怎麼不理我，爸說話啊！爸你抬起頭看看怡安啊！」這人緩緩地抬起頭，夢中的怡安眼見此人沒有臉孔，驚嚇大叫一聲，兩隻手想抓也抓不住墜入山谷中，怡安見夢中的怡安墜入山谷想要伸手去救，結果兩人同墜山谷。

怡安從夢中驚嚇醒來，發現自己做了一個惡夢，喘著氣癱坐在椅子上看著時鐘，大門外的電鈴響起，外面有人喊著：「怡安，李媽媽帶吃的來看妳了。」

「喔！」怡安回過神來拄著拐杖打開大門。

「妳肚子餓不餓，李媽媽帶好吃的來了。」李媽媽高興的將食物放在桌上。

怡安：「謝謝李媽媽，我確實有點餓，但是我擔心爸爸，他的肚子餓不餓？有沒有吃飯？」

李媽媽：「先把妳自己顧好，妳管妳爸幹嘛？妳爸自己一定會想辦法的，自己顧不好，到時候妳爸眞的看見不就很難過，來吃點東西。」

怡安生氣的說：「李媽媽妳又說我爸的壞話了，我不理妳了，我不吃了。」

李媽媽知道話說得太快了：「對不起啊！怡安，后里新村的乖女兒啊，不要生氣啊。」

這時怡安才饒過李媽媽：「李媽媽剛才我做了一個夢，一個很奇怪的夢，好像爸爸回來了，但是又不是。」

李媽媽：「這叫做『日有所思，夜有所夢』，妳不要想太多，就是妳想太多了，有空來李媽媽家裡坐坐，那個夢不要理它，假的夢。」

若有所思的怡安看著窗外「是嗎？是眞的嗎？」

李媽媽離開沒有多久，怡安正在整理客廳，大門外的電鈴響起。

「是誰？」怡安放下手邊的工作走到門口。

「是我啊！」外面的人這樣說著。

「喔！品福叔叔。」怡安打開大門。

「品福叔叔好久沒看見你了，叔叔忙些什麼了？請進！」怡安驚喜地問道。

劉品福摸著頭說：「野戰師嘛！不就每天行軍，剛結束南北師對抗，休大假回來看看怡安，妳看劉叔叔還帶妳喜歡吃的臭豆腐。」

怡安俏皮的說：「品福叔叔放大假，應該是榮譽假，因為品福叔叔這邊打贏了對方，品福叔叔一定是藍軍吧，如果輸的話，品福叔叔就要禁足了。」

劉品福笑著說：「是啊！妳真聰明，哪有紅軍打敗藍軍的，藍軍最後都會攻上山頭揮舞著國旗，快吃吧！東西不要涼了難吃。」

怡安開心的打開來之後，怡安慢慢地放下筷子：「對不起！我吃不下，品福叔叔我吃不下。」

劉品福疑惑著說：「怎麼了是吃的壞了嗎？還是吃飽了吃不下呢？還是東西涼了呢？」

怡安難過著說：「都不是～」

劉品福：「難道妳又想起妳爸是嗎？妳不要管妳爸了，妳爸以前就很機靈的，妳爸自己會想辦法的，他餓不死的，妳先把自己吃飽再說。」

怡安聽到品福叔叔數落著父親生氣了：「品福叔叔怎麼可以在我的面前趁爸不在時數落爸呢？爸什麼時候對你不好？爸也很照顧你，你沒酒喝時，都是爸買給你喝，你沒菸抽時，爸馬上去買好幾包菸給你，爸現在不在家，你們開始欺負我嗎？在爸的面前大家裝得是好人，在爸的背後呢？」

劉品福心想著：「糟糕！說錯話了，完蛋了。」

「請品福叔叔離開我家，現在！我們家不歡迎你，請你離開。」怡安站了起來下了逐客令，劉品福只好低著頭快走離開，劉品福心裡想著：「這姑娘什麼時候開始挺她爸？以前她爸說一句，這姑娘總是要回嘴好幾句，女人心難測啊！」

怡安剛剛趕走說錯話的品福叔叔，心中的怒氣還沒消除，才剛坐下來沒多久，大門外的電鈴響起，怡安生氣的大喊：「是誰？」怡安走到大門旁用力打開大門：「是誰？」

「是我……」外面的人話才說一半，怡安就把門關上，怡安不敢相信眼前發生的這一幕，心裡想看錯了嗎？再打開門一次確認，沒有看錯是爸爸，怡安愣在一旁說不出話來。

「怎麼了，怡安？」我這樣回答。

怡安默默地站立，不知道過了多久怡安哭了起來，雙手緊緊抱住我，「爸你去哪裡了？怡安好想爸，眞的很想爸爸，爸你不要突然不見了，這些你不在的日子怡安好害怕。」

「好！怡安進門去，怡安聽話，不要哭了，我們慢慢聊。」我安慰著怡安。

怡安邊哭邊說：「爸你餓不餓，我去煮碗麵給你吃，他們都說你不會餓死，叫我不要理你。」

我好奇的問：「他們是誰？」

怡安擦乾眼淚：「李媽媽跟品福叔叔，我看不慣還替你教訓他們，還把品福叔叔趕走。」

我回答：「是喔！你教訓他們還趕走？」

怡安爽快的回答：「是的，怡安替你出口氣。」怡安回答之後覺得好像怪怪的，怡安：「爸你的臉上跟手臂怎麼有傷痕，還包著紗布，是不是被人打了？」

我回答：「過去的事就不要再提了，我的傷沒關係的，我也是休養了二個多月才逐漸好起來的，那時候爸差點就被打死，幸好有很多人來把我從地獄中救回來。」

怡安從廚房端出剛煮好的麵：「那些人是誰啊？」

我想了一下：「有好多人喔！連長、營長、師長、被你趕走品福叔叔的營長、師長、還有我不認識的少將長官，因爲我的緣故，我的連長被調到外島，營長提前退伍，品福叔叔的營長調外島，師長調到新訓中心。」

怡安接著說：「營長有來家裡看我，臨走前還留下一筆錢，我不敢收，錢我先保管起來了。」

我點點頭：「營長有告訴我了。」

怡安好奇的問：「到底發生什麼事？爲什麼會被打？你要不要喝點酒，這樣話比較好說！」

我疑惑地看著怡安：「怡安妳後面這話是什麼意思？什麼喝點酒我的話比較好說？」

怡安無辜的說：「因爲每次看爸酒喝多，話就特別多，說話也很大聲，好像在吵架，所以我想爸如果說不出來，喝點酒會比較好一點。」

我有點無奈的說：「怡安啊！」

怡安點點頭：「是，爸。」

我接著說：「老實告訴妳，醫生提醒我受過傷不能喝酒了，剩下的酒我會倒在水溝裡，另外我眞的很擔心妳太天眞，天眞到我怕妳會被騙，以後被人家欺負怎麼辦呢？」

怡安嘟嘴說：「爸，酒千萬不能倒掉，不能浪費，我要陪伴你一輩子，永遠不離開爸身邊。」

我回答：「妳？我看妳做不到，妳看見帥哥就會跟著走，不要爸爸了！」

怡安嘟嘟的更高了：「爸今晚我可以睡在你旁邊嗎？」

我很納悶的說：「可以啊！但是妳的態度三百六十度大轉變，以前跟妳說話會頂我的嘴，現在不會頂我而且還順著我，我懷疑這裡面有鬼。」

怡安低著頭說：「爸，我要跟你說一件事，就是我已經知道自己的身世了。事情是因爲我急著要救你，一直想不出辦法，想起有人說過用勳章可以換一命，可是我找不到勳章收在哪裡，後來我在舊大衣裡發現兩張信紙跟一張舊照片，我就打開，一看我才知道爸爲什麼如此照顧我，爸！謝謝你。」怡安繼續說：「對了，爸我有看見一張舊照片，照片中的女人是誰？看起來很漂亮的樣子！」

我說：「那是妳的阿姨，她叫袁詠春。」

怡安好奇的說：「她是誰啊？」

我回答：「她是我的妻子。」

整個晚上怡安問了我很多問題，問到我快睡著了，又把我搖醒繼續問，問到不知不覺睡著爲止。

六

一九六九年我終於順利退伍了，退伍之後經過介紹，目前在台糖月眉糖廠上班，而怡安則在鐵路局后里車站上班。對於我而言，離開軍中之後又是一個新天地的開始，在糖廠上班比較有好的待遇，在裡面是負責處理榨完的甘蔗渣，雖然不需要用到大腦，但是每天要處裡好幾噸的甘蔗渣也是辛苦的。而怡安行動不方便，所以我每天一早騎著機車送她到車站，下班時再去車站載回來，她目前在車站擔任售票員，這工作就比較適合怡安。

有一天我們一起吃晚飯，看見怡安一邊準備炒菜一邊唱著歌，「怡安啊！今天妳好像很高興的樣子，是什麼事情啊？」我在客廳邊擺菜邊問著。

怡安高興的說：「爸，我告訴你喔！」

我滿心期待著說：「快說吧！」

怡安說：「現在不能說！」

我聽了差點昏了過去：「怡安小姐～，妳這有說跟沒說還不是一樣嗎？」

怡安從廚房出來：「看看啦，有機會再說。」

我說：「好吧！妳說了就算。」

一天下了班我騎著機車到車站準備接怡安回家，看見怡安自己坐在椅子上低頭哭著，我坐在旁邊問怡安發生了什麼事？怡安哭著說：「爸，我想要裝義肢。」

我問：「爸不是存錢要買給妳嗎？還是妳被人欺負了？」

怡安哭著說：「有一個男生他說他很喜歡我，他還送蘋果給我，可是有一天他發現我少了一隻腳，他就再也不理我了。」

我問：「就這樣？」

怡安點頭：「就是這樣。」

我說：「如果欣賞人的標準是靠外表，等到妳老了，這個男人還會對妳好嗎？聽爸的話，還有很多男人可以慢慢選，我們家的怡安是一朵美麗的花，關於義肢部分爸一定會想辦法的。」這時怡安聽了之後才釋懷，我扶起怡安：「天色暗了，回家吧。」

⁘⁘⁘

我永遠記得一九七二年八月十八日的那晚，收音機正在報導中度颱風貝蒂侵襲北台灣，外面風大雨更大，怡安正在點燃蠟燭：「這次颱風很嚇人，連我們這裏都停電了！」

我調整一下收音機頻道：「是啊！真大的颱風，我看菜價又要上漲了。」

忽然有人急敲大門，怡安問道：「這颱風天的是誰敲門？品福叔叔嗎？不可能吧，他沒休假。」我起身去開門：「我去看看。」怡安拿著手電筒跟了過來，一開門只見有五、六名警總人員在門外，我說：「請問長官有事找誰？」

站在中間其中一人說：「王小二在嗎？」

我點頭回答：「長官我就是。」

中間其中一人說：「請你跟我們回去調查殺害劉太城軍官一事。」

我回答：「長官我沒殺劉太城，是劉太城被其他人丟下海的。」
中間其中一人說：「不要多說，回去慢慢說。」
接著其他人就把我帶走，怡安見狀阻止說：「爸爸不是壞人，他沒有殺人，你們抓錯人了。」
其中一人：「少廢話，再過來就對妳不客氣了。」
我回頭怒氣的說：「敢欺負我女兒試試看。」那人才沒有動作。
「爸爸！爸爸！」怡安看著父親莫名被人帶走，坐在地上痛哭，幾年前大家把父親從地獄中救回來，父女能夠相聚平安過日子，這次父親又被帶走，還會像上次這般的幸運嗎？

這次我被帶至房間，裡面只有一盞燈與一張椅子，而我坐在椅子上等著。一位警總手拿卷宗進來到我面前坐下來面對我：「你叫什麼名字？」
我叫：「王小二，長官。」
警總：「你知道什麼事嗎？」
我搖搖頭：「不知道。」
警總：「關於你在衡陽戰場上涉嫌謀害劉太城連長。」
我驚訝的說：「確實我跟劉太城當時都在衡陽，但是我沒有殺害劉太城。」
警總：「是嗎？我們查過了，衡陽那次幾乎戰死光了，我知道有些人逃出來。」

我說：「大家從巷戰一直打，有人被毒氣毒死，後來撤退到西禪寺，那是最後一道防線。」

警總：「不對，是你趁機殺了劉太城，然後自己逃跑。」

我反駁：「那時我重傷昏迷，根本不知道後面的事，醒來時就在醫院了。」

警總：「一派胡言！」接著這人就離開了小房間。

過了不知道多久，有人進來了房間，警總坐了下來：「叫什麼名字？」

我說：「王小二。」

警總翻了卷宗：「之前的紀錄說你跟民主聯盟有關。」

我說：「不是，我跟民主聯盟沒有關係。」

警總看看卷宗：「袁詠春是跟民主聯盟的人接觸過。」

我說：「是的，但是詠春不是民主聯盟的人。」

警總：「問題是證據顯示你殺了劉太城，逃出衡陽城，難道不是嗎？」

我回答：「不是這樣的，我說過西禪寺是我們最後防線，後來日本人衝了進來，大家亂了，我受了傷。」

警總：「就是你在那時殺了劉太城。」

我回答：「不是沒有！」

警總：「還說沒有！」

我回答：「後來在海南島我還遇見劉太城！」

警總：「胡說，通通胡說，劉太城明明被你殺死在衡陽，怎麼可能在海南島出現？」

我有點激動：「長官我說沒有，真的就沒有。」

警總不耐煩：「別說了，看著辦。」接著又離開了房間。

過了沒有多久，有人進來了房間，還有人搬了一張板凳，另一位警總：「王小二你是否殺害劉太城？老實說少一點皮肉痛。」

我說：「你們搞錯了，我根本沒有殺劉太城，爲什麼我說的你們聽不進去。」

警總有點惱怒：「你是說我們就是笨蛋是嗎？」

我說：「根本就是！」

這句話激起了警總心中的火，兩個人進來將我綑在板凳上，警總生氣的說：「認不認罪！」

我說：「不是我做的我不認。」

警總點了頭，旁邊兩人一人拿著厚重的書本放在胸口，另一人拿出大鐵鎚用力往書上一敲，頓時感覺到胸口快裂開，又覺得有東西壓胸口，不能呼吸，又一記鐵鎚往書本打，警總得意的說：「還有話說嗎？」

我喘氣著：「不認！」

警總狠狠著說：「繼續打，打到他承認爲止。」鐵鎚往下打了好幾下，我幾乎快要喘不氣來。接著說：「脫掉襪子鞋子。」有人脫掉我的襪子鞋子，另一人拿著板子用力往我腳底打去，那種痛痛到心坎裡，連續好幾下，我已經淚流不止，這時警總問道：「王小二嘴皮子還硬嗎？」

喘不過氣的我：「我不認。」

這時警總說道：「骨頭硬，很好。」

有人搬了一個大冰塊，旁邊的人架住我赤腳站在冰塊上面，冰塊的透心冰冷加上之前用板子打腳底，雙腳凍的我再也說不出話來，兩腳幾乎要跪下來，這時警總說話：「嘴還硬嗎？認嗎？」我已經無力說話只能用盡力量說：「不～認～」

警總說：「很好，頑固分子帶下去。」

接著我被帶到牢房關著，那裏還關著好幾人。

受盡一天折磨的我未進食未進水，整個人癱坐地上想動也動不了，之前被毆打的內傷，這時隱隱作痛，晚上痛的幾乎無法入睡。隔天早上一早我又被帶到小房間接受嚴刑拷問，中午被兩人拖著回來牢房，這時有人送飯跟水來，我撐著一口氣吃了兩口飯喝下一口水，結果馬上全部吐了出來，而且還帶著血。

自己尋思一下，在西禪寺的最後防守，劉太城確實還在，到底是誰做的呢？後來在榆林港見到的也是劉太城啊，旁人說的也確實是劉太城，在船上被大家丟下海的還是劉太城啊，難道是我認錯人嗎？但是不可能啊！這時我的心中閃過一個念頭，爲了怡安也爲了自己，再不認罪的話，恐怕連活命的機會也沒有了，可是想想如果我認罪的話，豈不是我承認就是殺人犯嗎？這樣我還有活命的機會嗎？

第三天一早看見跟我一起同住的人少了三位，聽說他們是受不了折磨都認罪了，我又被帶進小房間，警總問我：「王小二認罪嗎？你要不要考慮一下你女兒喔！」

我用堅定的口氣回答：「不是我做的。」

警總哼了一下說：「很好，今天換不一樣的！」叫人抓住我的雙手，用針扎十隻手指頭，再把雙手放進鹽水中，此時痛的雙手無力全身癱瘓，警總拿出短棍，亂棍打在我的身上，頓時我失去了意識。

怡安看見自己的父親被抓走，趕緊打電話聯絡品福叔叔，不幸電話線中斷，無法打電話出去，外面又刮風下著大雨，怡安這時崩潰了，徹徹底底的崩潰了，她哭倒在椅子上，這時她覺得自己好無能也無力，不知道該找誰求助，覺得上天好像要消滅他們家，爸爸明明是個愛國家的人，犧牲奉獻在國家上，結果國家卻兩次要殺死他，她不能明白這是什麼樣的國家？她好討厭國家帶給他們的痛苦，怡安這時有個念頭，她不想活了，她已經沒有勇氣活下去了，怡安緩緩打開抽屜拿出剪刀，準備朝向頸部刺下去時，突然「啪」一聲一個閃光，客廳的電燈亮了，房間的電燈也亮了，電風扇也轉動了起來，原本滯悶的空氣頓時轉為涼爽，此時可以聽見附近鄰居的歡呼，怡安此時緩緩放下剪刀，慢慢關回抽屜，此時怡安淚流滿面，內心裡暗暗發誓：「這次如果救不回爸爸的話，她會選擇用最激烈手段。」

第四天整天我都在牢房裡休息著，但是頭部有點隱隱作痛，而腹部也很痛，只好待在牆角邊休息著。突然浮現一個不好的念頭，怡安不知道現在怎麼樣了？自己是否能照顧自己？會不會做傻事？如果自己這樣就死了，怡安自己要堅強活下去。忽然間有人拍著我的肩膀，聽見有人呼喚我的名字：「嘿，王小二！」

我站了起來看了旁邊一下：「是妳！詠春。」

「是啊！是我啊，王小二。」詠春微笑著說，詠春接著說：「王小二你在幹嘛？垂頭喪氣的，這根本不是我認識的王小二。」

我難過的說：「我不知道該說什麼！我好想妳詠春，妳去哪裡了？」

詠春俏皮的說：「你說呢？你想要我去哪我就去哪，我想去看看書可以嗎？還是買新衣給你？」

我說：「詠春高興都好。」

詠春突然嚴肅了起來：「以前你告訴我好多在戰場上英勇的故事，王小二你要努力啊！加油啊！」忽然間有一個男人手持尖刀，刺向詠春胸口，我大叫：「不要！」

突然間我醒了過來，嚇得全身都是汗，原來是一場夢，但是這個夢好像是眞實的，這時我的胸口好像堵住，忍不住吐了一口血，這時候我大叫：「我要認罪，劉太城是我殺的！」

⸺

怡安關上大門之後，就搭著火車北上，一路上怡安面無表情望著窗外，腦中努力回憶著童年的短暫記憶，可惜她已經記不得父親跟母親的樣貌了，只能由留下的信中知道，父親與母親是愛她的，因爲愛她所以才會把她交給現在的爸爸，而現在的爸爸生死未卜，怡安的內心誠懇拜託在天上的父母親，保佑現在的爸爸一定要平安無事。

怡安下了火車來到臺北，這時已經是晚上時間了，人生地不熟的怡安只能在車站度過一晚，明天一早再起身前往。坐了一天的火車，怡安早已疲憊不堪，怡安從包包裡拿出飯糰，正在享用晚餐，不知不覺雙手一攤吃了一半的飯糰掉落地面。怡安看見一個小女孩，小女孩在廣場上與其他小孩追逐著，玩的遊戲是老鷹抓小雞，那小女孩扮演著老鷹，一直要抓扮演小雞的小孩，小女孩因爲追逐的關係，自己不小心跌了一跤，但是小女孩很勇敢，哭了一下自己就擦乾眼淚站了起來，繼續與其他孩子一同玩樂，怡安擦乾了眼淚，趴在包包上熟睡。

一早怡安來到總統府前，柱著拐杖一步一步走向總統府，旁邊有人注視著怡安，怡安越看越奇怪，便越走越快，旁人也越走越快，越來越多人注意著怡安，突然有兩人擋在怡安面前，其中一人：「請問小姐你要去哪裡？」

怡安：「你們是誰？你們爲什麼要攔住我的路？」

其中一人：「我們是安全人員，請問小姐有什麼事嗎？」

怡安：「你們這麼多人圍著我要幹嘛？看我行動不方便欺負我嗎？」

警察：「請問小姐要去哪裡？這裡是管制區，一般人不可以來這裡的。」

怡安急著說：「我要去總統府，我要找我父親。」

警察：「小姐這裡是總統府不是任何人都可以來的。」

怡安急哭著說：「我不管，我要找我父親，你們不要再攔著我，走開。」怡安哭著說：「我只要找我爸，我要我爸回來就好了。」

大家見狀叫怡安有話慢慢說，正當大家僵持不下，旁邊有位女孩子走了過來，見狀對警察說：「長官發生了什麼事，我來安撫她好嗎？」

警察說：「麻煩了小心一點，女生應該比較好說話。」

女孩子對著警察說：「她不會有事的，相信我！」

女孩子面對怡安說：「小姐妳好，有什麼問題？方便的話可以跟我說嗎？我盡可能幫忙妳，我叫俞秀蓮，我是律師。」

怡安懷疑著說：「眞的嗎？妳跟他們不是同樣的人？」

俞秀蓮說：「我不是，妳的情緒先穩下來，這樣安全人員也不會對妳有敵意，妳叫什麼名字？告訴我有什麼事讓妳著急？」

這時怡安從包包拿出一封信遞給俞秀蓮說：「我叫王怡安，妳眞的可以幫我忙？我爸爸被抓起來，妳可以救我爸出來？」

俞秀蓮說：「是眞的，我可以幫妳，相信我。」

俞秀蓮拿著信對著警察說：「長官這是陳情信，麻煩轉交給裡面的長官，女孩子一時慌張想陳情沒管道，請各位長官不要介意。」

安全人員說：「沒事就好，看她也沒辦法做什麼，小姐妳怎麼確定對方一定會信任妳呢？」

俞秀蓮自信的說：「我相信人性本善，還有一句話『女人何必爲難女人！』，這位女孩子我可以順便帶走嗎？」

安全人員說：「可以，沒事就好，以後不要這樣太危險了。」

俞秀蓮跟怡安點點頭離開了總統府。怡安跟著俞秀蓮來到一間咖啡廳坐了下來，怡安點頭說：「剛才眞謝謝妳幫我，不然我眞不知道怎麼辦？」

俞秀蓮說道：「幸好妳遇到我，才能把妳的事跟他們說，以後千萬不要做這種傻事！」

怡安低著頭說：「對不起，我知道錯了，妳可以救我爸出來嗎？」

俞秀蓮說：「我剛從英國留學回來，正想爲這片土地與百姓做些事，我有認識一些教授長官，現在把妳父親的事全部告訴我。」

自從我認罪之後，暫時沒有人來看我，下午有一位警總的人來到我的面前，「王小二，明天早上九點整，軍事法庭要開庭審你的案子。」我心裡想這麼快就審案，辦事效率還眞快。

早上九點我被帶到軍事法庭，面對軍法官審理，軍法官看了卷宗對著我說：「我問你，土小二你承認殺害上尉劉太城嗎？以上的證詞都是正確嗎？」

我說：「是的，以上的證詞都是正確的，我承認殺害劉太城，這件案子是我做的。」

軍法官說：「很好，在這裡本庭宣判王小二涉嫌殺害上尉劉太城一案，依據陸法空軍刑法第四十九條第二項，因爲本案發生在戰時，王小二未服從長官領導，因而謀殺上尉劉太城，但考慮嫌犯承認犯罪，斟酌量刑，故判處二十年有期徒刑，不得上訴。」聽到判決心裡不是滋味，這時我大喊：「長官我是冤枉的……」回到牢中靜靜坐在角落，不吃也不喝的，二十年這是怎樣的數字？隔天一早被帶上車前往發監地點——嘉義監獄。

進入嘉義監獄之後，獄方安排住在「智舍」，房號二十一號，而取代王小二的是編號三七三，進入只有約二坪大房間，目前房內還有一人，只不過那人目前在獨居房，厚重的鐵門關上之後，房間裡顯得安靜許多。隔天一早吃完早飯之後，獄方人員帶著王小二來到一處類似下水道的地方，獄方人員：「三七三這裡是這幾天住的地方『水牢』，在裡面好好反省吧！」

我回頭問：「什麼？『水牢』？我爲什麼要關在這裡？」

獄方人員：「少廢話，殺人才判二十年？又是殺了自己的長官，不給你一點教訓怎麼會悔改！你們這種人我們看太多了。」

「水牢」的高度只有一百六十公分左右，而我的身高有一百七十五公分，進去之後只能彎著腰站在裡面，原來判刑二十年是生不如死，比死還痛苦。我在「水牢」待了三天，不見天日的我，被獄方人員帶了出來，由於身子泡在髒水裡面，皮膚潰爛之外呼吸也不太舒服，洗完澡回到牢房，只能躺在地上一動也不動。隔天早上獄方人員又來了：「三七三東西收拾一下馬上離開！你可以出去了。」

我有聽錯嗎？「你可以出去了！」這是什麼意思？

「長官這是怎麼一回事？」我問了獄方人員。

獄方人員帶著怒氣的說：「再問，就把你關起來。」

我點點頭：「是，是。」東西點交完畢之後，我走出大門深深地吸了一口氣，心裡想著這是怎麼一回事？怎麼突然我被放了出來！

回到家裡沒有人，怡安不在家去哪裡呢？到了晚上怡安還沒回來，這時我開始擔心，頭也開始痛了起來，害怕怡安在外面出了事，內心正擔心時電鈴響了，我猜想應該是怡安回來了，打開大門一看果然是怡安，怡安驚喜地說：「爸你眞的回來了。」

我說：「我當然是眞的，不然是假的啊！」

怡安說：「不是，有人告訴我你今天會回來的，爸眞的回來了，爸我好想你。」

怡安激動地哭了起來，我拍拍怡安的肩膀：「什麼想說的話進屋跟爸爸說。」

怡安坐在椅子上哭了好一會兒，我看著怡安心想：「這段期間怡安可能受了不少委屈，加上她行動不方便，苦頭一定是吃了不少。」我看怡安冷靜了一些便問：「好怡安這期間發生了什麼事？爲什麼我會被放出來，我想妳應該犧牲了不少吧！」

怡安擦了擦眼淚：「爸我跟你說，我遇到好人來幫助我，是她的幫助你才會出來的。」

我有點聽不太懂問怡安：「我有點不懂，那妳說來聽聽。」

怡安拿起杯子喝了水：「爸這次事件你被冤枉了，根本就是烏龍，原本有一個連長叫劉大城，恰好在衡陽被自己人殺死了，後面的人在寫資料時，把原來劉大城寫成劉太城，他們就誤以爲你是殺人兇手，把你抓去關了。當時我自己一個人很害怕，品福叔叔電話打不通，我就自己搭火車去臺北。」

我驚訝說道：「寫錯字！劉大城寫成劉太城？」

怡安繼續說：「我去臺北，去臺北總統府。」

我問怡安：「去總統府幹嘛？」

怡安有點大聲：「去救你啊！不然幹嘛！你以爲我很笨嗎？」

我苦笑了一下：「怡安不笨。」

怡安有點臭屁說：「我本來就不笨，笨的是老爸，我去總統府時好多人包圍著我，我跟他們起了爭執，後來有一位小姐剛好路過願意幫我處理爸的事情。回去之後他請老師跟朋友查了一下，才發現抓錯人了，趕快把你放出來。」

我聽完之後問怡安：「那位幫我們家的小姐妳有謝謝她嗎？叫什麼名字？」

怡安得意地說：「她叫俞秀蓮，當然要感謝人家，但是對方不收錢只接受我的感謝，她還說她剛去國外留學回來，爸！我也要去國外留學。」

我點點頭：「哇！我們家真是遇到貴人，下次有機會要感謝對方，至於出國留學嘛！我考慮一下。」

怡安顯得有些疲倦：「爸你很壞，這次是我救你出來的，你要感謝我才對。」

我回答：「不知道是誰怕沒爸爸哭哭啼啼的？」

怡安故意靠在我的身旁：「是爸爸，是爸爸，爸爸最壞了……」怡安靠在身旁睡著了，這些天怡安這麼辛苦奔波真是難為她了，趕快存夠錢替她買義肢，這樣才不會繼續受苦。

一個星期天的中午，我與怡安正在用餐，忽然外面有人丟了一包東西進來，我起身開門去看，見到地上有一包信封袋，我撿起來看了看，左下角寫著「王小二收」四個字，好奇的打開信封一看，不可思議的是裡面全部裝滿錢，怡安也出來看：「爸這信封是誰丟的？不會吧！這裡面都是錢！」

我愣了一下然後發瘋似地大喊：「是，是劉太城，一定是劉太城，劉太城，劉太城沒死！

劉太城沒死！」我趕快打開大門看了四周，兩邊都沒有人於是追了出去，過了不算短的時間，我垂頭喪氣地走了回來。

怡安問我：「有看見人嗎？」我低頭搖著頭不發一語，怡安繼續問：「爸你怎麼了？怎麼不說話呢？第一次看你這樣子，你怎麼了？發生了什麼事？劉太城到底是誰？上次出事是因為他，這次又是他，爸不會你真的要離開我？不可以這樣對我，爸！」怡安越說越害怕。我兩眼目光注視著怡安，怡安也看著我：「爸你怎麼了？發生了什麼事？說話啊！爸！有話可以跟我說，不要把話憋在心裡面，這樣很難受的。」

我抱住了怡安，緊緊的抱住，開始哭了起來，怡安安慰著我：「爸發生了什麼事？什麼事讓你如此傷心？可以跟怡安說嗎？不管發生什麼事，怡安一定跟爸在一起。」我跪著在地上痛哭，怡安扶著椅子勉強坐了下來抱著我：「我知道爸一定有事讓你很傷心很難過，爸你要相信怡安，怡安平日會堵你的嘴，但是那不是真心的，不論發生任何事情，怡安都會在你的旁邊。」

牆上的時鐘光速般倒轉，回到王小二十七歲除夕的那一天，美好與痛苦的回憶有如電影般在記憶中放映，親情、仇恨、友情、愛情、信任、背叛、同情交織在一起，那是什麼？是一幅天與地遼闊的山水畫嗎？不是！是一幅由愛恨情仇交織而成的浮生錄。

不知道過了多久，情緒逐漸冷靜下來，我跟怡安坐在椅子上，把跟劉太城之間的事情告訴了怡安，怡安聽完故事大吃一驚，簡直太不可思議了，怡安對於有了足夠錢可以裝義肢也很期待。今天準備上去台北榮總幫怡安裝義肢，早晨四點怡安已經準備好，而我還在床上呼呼大睡，怡安顯得等不及，頻頻敲我的房門叫我起床，看看時間還早我繼續睡，不過頭實在很痛，怡安很緊張：「爸快一點，火車會來不及的，快一點爸。」怡安一直推著我叫我快一點，我笑：「知道啦！」一陣頭痛讓我差點站不住腳，怡安：「爸你沒事吧！」我們父女倆，就這樣手牽著手一起出門了。

在臺北榮總骨科許醫師的解說下，怡安選擇適合自己的義肢，這是怡安重新站起來的一天，怡安非常高興，我也替怡安高興，畢竟怡安為了這義肢吃了數不盡的苦頭。怡安高興地走在榮總大廳上，我還叫怡安慢一點，剛裝上義肢還要適應不能亂跑，我的話才剛說完，眼前一片黑暗，接下來我就不省人事了。

等我醒來已經躺在病床上了，我看了四周旁邊沒有人，便下床出去看看，才剛走到門口遇見一位女孩拄著拐杖提著餐點回來，我要閃過女孩出門，那女孩卻擋在我的面前：「爸！你怎麼下床？你要去哪裡？」

我回答：「誰是妳爸？不要亂說！」

那女孩把我推了回去：「爸你忘記了嗎？我是怡安啊！」

我想了一下：「怡安？怡安？好熟悉的名字，在哪裡聽過？怡安？啊！我想起來了，怡安，怡安，寶貝女兒。」

怡安這時才鬆了一口氣：「爸你想起來了？」

我回答：「我好像忘記了，有點想不起來，對！對！妳是怡安。」

怡安：「爸，我是怡安，記住了，醫生幫你檢查了全身，過幾天檢查報告會出來，關於頭痛頭暈問題，醫生還要看看，這幾天你先休息一下，不要到處亂跑。」

我問了怡安：「我怎麼會在病床上？」

怡安在旁邊弄晚餐邊說：「醫生說你之前太累了，要好好休息，多休息身體才不會有問題。」

我接過怡安給我的晚餐：「怡安你煮的晚餐很好吃，以後多煮一點。」

怡安有點無奈：「爸，今天的晚餐是外面買的，不是我煮的。」

我有點糊塗拍了一下頭：「對不起怡安我搞錯了，下次我會注意的。」怡安只能搖搖頭。

一早怡安正在準備早餐，「醫師你好！」我見醫師來巡房，怡安放下手邊工作：「醫師你好！」

主治醫師微笑地說：「這兩天睡得好嗎？身體有不舒服嗎？」

我回答：「醫師，還不錯。」

主治醫師點點頭：「嗯，檢查報告出來了，關於王先生頭暈頭痛部分，檢查的結果頭部有兩處血塊，不過血塊會被腦部自行吸收，而且血塊有逐漸縮小，這點不用緊張，頭暈頭痛部分以後要注意，有可能影響記憶及說話部分，甚至動作上有可能會受影響，這點要特別注意。另外身體部分也有檢查，肝臟及胃部有出血的現象，這應該是受到外力撞擊，這要留院觀察，其他的大致沒有太多問題，多休息。」

我跟怡安：「謝謝醫師。」
怡安：「爸，醫生說你要注意身體。」
我顯得無奈：「好吧！聽醫生的話。」

過了沒有多久，爸終於出院回家，醫生還叮嚀著藥要按時吃，在路上我還一直逗著爸，但是今天的爸很奇怪，無論我怎麼鬧他，爸一直面無表情。好久未進家門一進家門感覺到一陣溫暖，進門之後爸一直坐在椅子上沉思，不知道爸現在在想什麼，我也只能安靜地進入房間，平常就靜不下心的我，忍不住還是去關心一下爸會比較好。

旁邊的電扇正在轉動著，我悄悄的坐在爸的旁邊，爸坐在椅子上閉著眼，仔細看著爸，發現爸的白髮變多了，眼角旁的皺紋也多了，整個臉頰也有下垂，爸不再像以前年輕時地英姿煥發，爸變的好老喔。

爸緩緩張開眼睛，口中說道：「記得爸受重傷在貴陽醫院，那時剛認識阿姨，因爲身體多處受傷，需要別人的幫助，妳阿姨認眞地幫我處理傷口、換藥等一些雜事，張羅我的飯菜，而且沒聽她抱怨什麼，幸好有妳阿姨，不然當時一個人也不知道該怎麼辦，現在想起來眞的要感謝妳阿姨，不像說妳個兩句，回我一百句。」

「爸～那是以前的我，我承認，現在可沒有喔！」我撒嬌搖著爸的手臂。

爸看著我：「是嗎？」

我好奇問：「問你喔！爸，你要老實回答，你認為我跟阿姨誰煮的菜比較好吃？」

爸：「妳阿姨煮得最好吃了。」

我有點不高興地回答：「我就知道爸一定會這麼說的，爸偏心！小心晚上沒飯可以吃。」

爸有點得意：「好啊！不煮是吧，沒關係，怡安不煮，爸來煮！」

我一聽到爸要煮飯從椅子上跳了起來：「我來煮就好了，沒關係，爸你多休息。」

爸摸著我的頭：「好怡安。」

爸煮的飯菜有多難吃就有多難吃，我實在吃不下，怕浪費拿給外面的狗狗吃，結果那些狗狗聞了兩下就走了，爸煮的飯菜眞的不是很好吃，知道我忍耐了多少年嗎？

自從怡安裝上義肢之後，開始變得有自信，整個人跟以前不一樣，走路時會抬起頭來，兩隻腳走路也比較安全，這樣我也比較放心。原來怡安下班時都會準時回家，現在怡安有時候很晚才回家，但是並不是每天很晚回家，只是有時候會晚回家，看怡安回家來的表情總是很愉快，想想怡安應該是遇到了一些事。

晚餐的時候，怡安有點靦腆地說：「爸，你有覺得最近怡安變得比較漂亮嗎？」

我點點頭：「最近有點不太一樣。」

怡安：「爸，有件事情想告訴你。」

我好奇抬頭看著怡安：「什麼事神秘兮兮的？」

怡安小聲說：「最近我認識了一位男生，這個星期日剛好他休假，我想請他來家裡跟爸認識一下，順便吃個飯。」

我高興的說：「可以啊！那你們交往了多久？怎麼認識的？」

怡安笑著：「我們認識五個多月了，是在車站認識的。」

我問：「請問一下是妳追他？還是他來追妳呢？」

怡安撒嬌的說：「你怎麼可以這樣說呢？當然是他追我的。」

我瞄了一下怡安一眼，怡安顯得不耐煩：「爸，不相信的話星期日你來問他就好了。」

星期日一早天還未亮，怡安就頂著冷風上街去市場買菜，我在家中看著報紙，最近都在報導十大建設消息，又報導臺中港完工之後，可以分擔基隆港與高雄港的運量，報紙看到一半突然覺得四周冷起來，起身把窗戶關小一些。這時怡安從外面回來了，我趕緊起身幫怡安把手中的東西接過來，我看了一下怡安買的東西：「怡安妳買這麼多東西啊！」

怡安忙著手邊的東西：「爸，是啊！我買了很多火鍋料，剛好天冷大家可以多吃一點。」

我看著報紙問怡安：「今天妳那位男朋友確定會來吧！」

怡安在廚房：「是的會來，爸你是不是想看看未來的女婿吧？」

我冷笑一下：「那是妳的白馬王子，不關我的事，別扯妳爸。對了他叫什麼名字？妳約他幾點來家裡？」

怡安走了出來笑了一下：「爸你又忘了，對方叫柯英傑，等下大概十一點來我們家。」

我敲了敲下腦袋：「是啊！妳昨天晚上才說的，我又忘記了，記憶力越來越差了，老是忘東忘西的，不會到時候把怡安也給忘了。」

怡安坐下來安慰我：「爸只要你不要忘記自己是誰就好了。」

這時門外的電鈴響起，怡安驚喜了一下：「會是他來了嗎？」

我看著怡安：「妳確定是他嗎？現在才十點而已，不用緊張我去開門。」

我走到門口聽見門外的叫聲：「士官長，我啦！劉品福。」

我打開門只見劉品福手上提著東西，劉品福：「士官長，這是人家給我的水餃，我自己吃不完那麼多，一些分給你，我還帶了兩瓶高粱酒順便給你。」

我拉著劉品福：「進來坐坐吧，外面很冷的。」

劉品福拍了我的肩膀：「不用啦，我先走了，改天一起喝。」

我提了一袋水餃跟兩瓶高粱酒進來：「品福叔叔帶來給我們的，這些剛好今天可以加菜。」

怡安盯著酒：「醫生不是說你不能喝酒嗎？爸~你還敢喝啊？」

我看了一下酒：「想當年我是如何殺敵的？日本人我都不怕了，我還怕這酒嗎？今天我是喝定了。」怡安沒辦法，這回只好讓爸爸了。

怡安在客廳一直坐立難安，時而看著手錶，時而看著牆上的時鐘，又盯著電話，又不時望著窗外。我看著報紙邊說：「一個男人就讓妳這樣魂不守舍，我看下半輩子我慘了。」

怡安推了我一下：「爸，你很討厭。」

我嚇了一跳：「喔~說到女兒心坎了。」

話才剛說完這時門外的電鈴響起，怡安興奮的說：「一定是他來了。」

怡安馬上出去開門，領著男朋友進來：「爸，跟你介紹這是我跟你說的柯英傑，柯英傑這是我爸。」

我點了頭：「帥哥你好。」

柯英傑也點了頭：「伯父你好，我叫柯英傑，是怡安的朋友，我帶了一點禮物，這是新竹有名的米粉請收下。」

我接過柯英傑拿來的米粉：「帥哥坐，請坐。」

柯英傑笑著：「謝謝。」

我看著怡安：「怡安，把東西拿出來，大家一起邊吃邊說。」

柯英傑起身：「我也去幫怡安。」

沒多久怡安跟柯英傑已經把午餐準備好，柯英傑：「哇！好豐盛的火鍋，還有水餃、滷牛肉。」

我對著柯英傑說：「帥哥多吃一點，這是怡安特別爲你準備的，記得要吃飽。你知道嗎？你還沒來的時候，她心裡急得要死，一直盯著時鐘，又看著門外，好像怕你不來。」

怡安紅著臉低著頭：「爸，英傑自己知道啦，你不要替他擔心。」

我：「妳錯了，我是替妳擔心，怕妳沒辦法照顧人家。」

我：「帥哥你是哪裡人？你在哪裡高就啊？怎麼休假不一定呢？」

柯英傑：「我是嘉義太保人，目前家人住在高雄左營，我現在在陸軍，是營部作戰官。」

我看著柯英傑：「帥哥你說你是軍人？」

柯英傑：「我是軍人。」

我帶著嚴肅的口氣：「我不希望我的女兒嫁給軍人，嫁給軍人太沒保障了，而且男人常常不在家，我不希望我的女兒吃苦。」

怡安聽了有點不高興：「爸，你怎麼這樣說？軍人有什麼不好？你不也是軍人退伍嗎？」

我：「嘿！妳這個女兒妳懂什麼？當初我是被騙過來當兵的，跟他志願當兵不一樣，現在妳這女兒就護著他，那以後呢？我看我完了。」

柯英傑篤定的說：「伯父你要相信怡安，我們絕對不會讓伯父失望的。」

我揮揮手：「大話大家都會說，我不相信，要娶我家的怡安先陪我喝二瓶高粱再說。」

怡安急了：「爸，你不要欺負人家啦！」

柯英傑：「沒關係陪伯父喝個兩杯而已。」

怡安拿毛巾給躺在椅子上的柯英傑：「跟爸喝兩杯還眞的喝兩杯而已，兩杯之後人就不省人事了。」

柯英傑帶著酒意：「沒關係，陪伯父喝個兩杯而已，伯父開心就好了。」

怡安：「兩杯？你只喝兩杯，剩下的差點被他喝光了。你錯了，爸生氣是因爲你是軍人身分，他的脾氣我知道。」

柯英傑：「那就多溝通吧！我看妳也很會喝，超過一半被妳喝完，誰教妳喝酒的？該不會是妳偷偷學的吧！其實看起來妳爸不是那種人，只是妳走了誰來陪他啊！妳爸擔心的應該就是這個。」

怡安打了一下柯英傑的額頭：「你再亂說小心我就不嫁給你！」

柯英傑：「去看看妳爸吧！」

怡安再打了一下柯英傑的額頭：「擔心你吧！差不多了該回去了，太晚了回家不方便。」

柯英傑起身整理衣服喝口茶：「是的，我的怡安大小姐，帥哥我這就回去了，去照顧妳爸吧！回到家我會打電話給妳。」怡安送走了柯英傑之後進房查看，爸爸安穩的熟睡著，怡安放心的回到客廳。

……

我：「這裡是哪裡？怎麼好像沒有光線？這裡好濕熱啊！這裡的水眞臭眞噁心！這裡的高度太低，我根本無法站立！」

旁邊的聲音：「這裡是水牢你不知道嗎？」

我：「我不想待在這裡，我要離開這裡。」

旁邊的聲音：「這裡是監獄你怎麼逃出去？」

旁邊的聲音：「你是誰？爲什麼會在這裡？」

我：「你又是誰？爲什麼我會在這裡？」

旁邊的聲音：「知道你爲什麼被關進來嗎？」

我：「我不知道我會被關進來！我是無辜的，我沒有罪，我要出去。」

在我的背後：「這裡不是你想來說走的地方！」

在我的右邊：「你以爲你無罪嗎？你以爲這樣就沒事嗎？」

在我的左邊：「你做的事我們都看見了」

在我的背後：「不要以為你做的事情沒人看見！」
我：「你是誰？你們到底是誰？」
旁邊的聲音：「我是王小二，我是殺了人的王小二！」
在我的背後：「王小二殺了我！」
在我的右邊：「我是被王小二殺死的王小二！」
在我的左邊：「我是被王小二殺死的王小二……」
「我沒有殺人、我沒有殺人……」在一片黑暗中我彷彿掉入無盡深淵，大聲的怒吼，奮力的掙扎，在一陣掙扎中醒了過來，似乎做了一個很長的夢，躺在床上望著四周，這是我的房間，身上還有一些酒味，剛剛在作夢嗎？那是夢嗎？那些人是誰？怎麼如此恐怖呢？我叫著：「怡安！怡安！」可是整間房子都沒有人回應，酒意壓住了我，我只能昏昏入睡了。

這天傍晚我在家裡看著報紙，剛好怡安下班回來，我看了怡安：「今天比較早下班。」
怡安手上拿了一些剛買的菜：「是啊！今天排班早一點下班。」
怡安將剛買的菜放進冰箱，這時電話響起，我拿起話筒：「喂！找哪位？」
怡安趕快衝到客廳要接電話，接著我把電話掛了，怡安急忙著對我：「爸，有人找我嗎？」
我：「不知道啊！電話沒人出聲音，我就把電話掛了。」

怡安有點不高興：「是不是英傑打的，你把電話掛了。」
我一臉無辜的表情：「妳爸是那種人嗎？」
怡安自己走回廚房，這時電話又響起，怡安聽到電話聲趕快跑了出來，我拿起話筒：「喂！找哪位？沒有這個人，你打錯電話了。」接著我把電話掛了。
怡安心急著：「爸，是不是英傑打來的？你不喜歡他，你把電話掛了。」
我一臉無辜：「就跟妳說打錯了，而且那小子也不是什麼好東西，離他遠一點比較安全。」
這時怡安生氣地哭了：「爸你好討厭喔！」說著怡安走進房間，「碰」的一聲門關了起來，怡安在房間生氣大喊：「今天我不煮飯了，爸你自己想辦法，不管你了。」我聽了之後也只好走回房間去了。

七

這個星期六的下午天氣特別的冷，柯英傑一人站在戲院門口，低頭看著手錶，突然有人在柯英傑的背後拍了一下，「嗨！柯英傑。」柯英傑回頭一看是怡安，「等妳好久了，怡安。」柯英傑笑了一下，柯英傑：「天氣很冷我們快點吧！怡安妳想看哪部片子？」怡安：「我看看喔，就這部《縱橫天下》。」於是兩人手牽著手一起進入戲院。

過了許久一群人從戲院走了出來，有人討論劇情內容，這時只見怡安哭哭啼啼走了出來，柯英傑安慰著怡安：「不要哭了，那只是電影而已，那不是眞的。」怡安哭著臉：「誰說的？女主角好可憐，爲了男主角自己也死了，看了好難過。」柯英傑安慰著怡安：「好啦！那個李慕白不應該讓女主角死掉，難過一下就好了，我們一起去吃個飯吧，吃完飯送妳回家。」

我們來到一間麵店，這間麵店裡外都是人，可能剛好是用餐時間，也可能是天氣太冷的緣故吧！我們等了好一會兒終於輪到我們，我們才坐下來沒有多久，有兩位客人也想要跟我們併桌，心想：「一張桌子那麼大，我們才兩個人而已，這張桌子可以坐四個人，大家一起吃沒有關係，而且大家的肚子也餓了。」我跟怡安點完餐之後繼續討論電影的內容，怡安還是執著於李慕白太自私了，國仇家恨不應該由一位女子來承擔，這個擔子太重了，難怪女主角會選擇自殺來結束一切。在聊天的同時，我聽見同桌的兩位客人，正討論著家訪的事情，我稍微聽了一下，他們說剛才去家訪時，遇到家裡長輩認為沒拜祖先就是大不孝，而年輕的家人則有不同的看法。其中一位注意到我在聽他們的對話，於是轉頭跟我說：「先生你好，我們是基督教后里福音教會，教會位在三豐路四段四十一號，我是教會的傳道我姓邱，旁邊這位是陪我一起來的朋友姓王，我們都是基督徒。」

我點了頭：「兩位先生好，原來是教會的朋友出來傳福音，我姓柯叫英傑，旁邊這位是我的女朋友叫王怡安，記得小時候也有教會的人來傳福音，但是那時候家中大人都不在家，所以沒讓他們進來，不過印象最深刻的是他們都說台語。」

邱傳道：「喔！這麼早就接觸到福音，不錯喔！很好。」

我：「沒有啦！只是在生活中有聽到一些關於基督教的事情，心裡很好奇問問看而已。」

邱傳道：「是這樣的，你聽過耶穌嗎？聽過耶穌死後又復活嗎？相信耶穌死後又復活嗎？」

我點頭：「有聽過，但是不是很清楚。」

這時老闆娘端來了四碗牛肉麵：「你們這桌剛好都是點牛肉麵。」

邱傳道：「這麼剛好大家都點牛肉麵，我來替大家謝飯禱告，如果願意的話就閉目低頭。親愛的天父，感謝今天賜給我們有美好的晚餐時刻，求　主潔淨桌上的食物，保守我們吃下肚子，是乾淨美味可口的食物，求　主保守以下的交通時間是愉悅的，也保守大家離去之後能平安回家，祈求禱告是奉告　主耶穌基督的名求，阿們。」

怡安抬起頭：「現在可以吃了嗎？」

邱傳道：「當然可以，放心地吃。」

怡安好奇的問：「請問飯前爲什麼要禱告呢？不是吃飯就好了嗎？」

邱傳道：「是這樣的，因爲這個世界是上帝創造的，包括人、動物、植物以及你所看見的一切，我們要感謝上帝，因爲祂是創造宇宙天地萬物的神，所以我們要感謝上帝。」

怡安繼續問：「這聽起來好複雜啊！」

邱傳道：「謝飯就是『感謝』的意思，爲桌上的飲食感謝。爲了吃這一碗麵，中間過程包括許多人的付出，而所有的都來自創造宇宙萬物的上帝，因此，我們用謝飯禱告來感謝上帝，並對準備的人表達感恩的心意，爲他們祝福。」

就這樣我們在愉快的氣氛中，享用了一碗美味可口的牛肉麵，離開時我們還互相說再見。

⁘⁘⁘

一輛藍色福特汽車開到怡安家門口停了下來，怡安跟柯英傑道別之後，下了車進入家門，車子也駛離怡安家。怡安：「爸，我回來了。」

我坐在客廳中看著報紙，怡安再次說了一聲：「爸，我回來了。」

只見我用低沉聲音：「還知道回來啊！知道現在幾點了嗎？晚上九點十幾分了，一個女孩子出門沒有跟家人說，還這麼晚才回來，自己也不看一下還沒嫁人啊！鄰居知道會怎麼說？」

怡安：「爸，我已經二十七歲了，我是個成年人，而且我是跟柯英傑出去，又不是跟其他人，現在才九點多一點。爸，我已經長大了，不是以前那個幼稚的怡安，腿斷了還想要落跑。」

我生氣的說：「我才不相信那個柯英傑，那傢伙一定有問題，妳不擔心被他騙了嗎？」

怡安：「柯英傑沒有問題，他是正人君子，他是個大好人，而且他對我眞的很好。」

我：「不管怎麼樣，我就是不相信這傢伙，下次妳早點回來，少跟這人接觸，到時候被騙都不知道。下個星期日妳不要出門待在家裡。」

怡安：「什麼事要我在家？」

我：「到時候妳就知道了。」

其實我下午看了一場爵士舞蹈，在區公所前面的小廣場，聚集了許多男男女女，他們正準備要表演一場爵士舞，音樂一放下去，一對對男女開始跳起舞來，約二十對男女正跳著舞。讓我回憶起在樹下，詠春邀我跳舞，那時候我很笨，雙腳不聽使喚，老是踩到對方的腳，可能是沒有這方面的資質吧，學了很久還是不會，那個糗樣子逗著詠春哈哈大笑。有時候想想如果這時候詠春還在身旁的話，不知道我的人生會變得如何，只可惜一切都是幻想，曾經有人建議我再娶一個，但是我總是微笑帶過。

這個星期天一早我正努力將家裡整理一番，怡安看我如此認眞不明就裡：「爸你在做什麼？把家裡整理一遍，有客人來我們家嗎？」

我一邊整理一邊看著怡安：「等會兒有人要來家裡，妳去裝扮一下，等下要有禮貌。」

怡安搞不清楚只好回房，到了九點多有人按了電鈴，我趕緊跑去開門，我滿臉喜悅：「請進請進，兩位進來坐，怡安給客人倒茶。正德兄，這位是大兒子智維吧！」

正德：「是啊！家裡的老大，今年二十八了。這位就是千金，叫怡安吧，人長得不錯喔，亭亭玉立的。」

我：「怡安這邊坐，跟妳介紹一下，這是我的朋友，這位是我朋友的大兒子智維。」

怡安禮貌性的點點頭，我：「我們在這裡不好說話，讓年輕人去聊聊，我們去外面走走，旁邊有間新開的咖啡廳，一起去看看。」

這時客廳只剩下智維與怡安兩人。我跟正德在咖啡廳聊了一段時間，看看時間也差不多回到家裡，只見兩人各做各的事，智維看見父親回來立刻起身。

正德：「智維，聊得如何？開心嗎？」

智維：「不錯，王小姐人漂亮心地善良。」

我：「智維對妳有沒有禮貌啊？對方長得帥，又是成功大學畢業的，妳可以考慮看看。」

怡安低著頭一句話也沒有說。

正德與智維在回家路上，正德問了智維的感覺，智維很不高興的說：「爸，以後別找這種女人相親了，一開始我問她一些基本問題，例如：平常休閒活動之類的，她一句話也沒說，看她走路有點奇怪，我還問了一下，這才知道她少了一條腿，問她爲什麼少一條腿，她也不說話，她甚至拿酒出來問我要不要喝？我當場拒絕了。」

正德：「你不能怪她，他們家跟我們很像，母親早就不在，都是父親一手帶大的，她的個性有點孤僻，我也覺得看起來有點不靈光，好像少根筋似的，不管了，爸爸再幫你找一個更好的。」

客人離開之後怡安很不高興的說：「我不喜歡他，我更不喜歡你這樣欺騙我，柯英傑有哪一點不好？他不過是個職業軍人而已，你就如此討厭他，柯英傑不會因爲我少了條腿而看輕我。但是今天這個男人他瞧不起我，他認爲我們家境不好就不應該攀龍附鳳，他讀到大學是他家的背景好，而我只念到初中，他認爲女人不需要念太多書，而我有不好的背景會影響他的前途，所以我故意拿酒出來請他喝，他看到之後就不說話了。」

我站在客廳一臉無辜看著怡安，怡安則是氣呼呼地瞪著我。

⋯⋯⋯⋯

「甘蔗渣滿了可以推走了。」一旁的人正吆喝著，我和其他人合力把掉在一旁的甘蔗渣鏟了起來，奮力丟到車上，車上的駕駛迫不及待車開了就走，我和其他人繼續處理甘蔗渣。

「王伯伯，王伯伯。」在遙遠的一方有位年輕人呼喚著，我仔細一看原來是柯英傑，柯英傑走到我的面前，「王伯伯你好。」柯英傑笑著點點頭。

我：「年輕人大老遠來看老頭子的嗎？我看不是吧，是來找怡安吧！怡安不是在這裡上班，你搞錯了。」

柯英傑急忙解釋：「不！不！不！不要誤會，我是來找王伯伯的。」

我：「是嗎？是怡安的事嗎？」

柯英傑：「是怡安的事，也是王伯伯的事。」
一臉疑惑的我：「來，帥哥旁邊陰涼處坐，帥哥這話你要說清楚，爲什麼是怡安的事，同時也是我的事？」
柯英傑：「怡安的事其實要從王伯伯說起，如果沒辦法解決王伯伯的問題，同樣也無法解決怡安的問題。我跟怡安相處交談中，發現怡安心中有顆放不下的石頭，這個『放不下的石頭』來自王伯伯你對怡安的照顧，我聽怡安說起你們家的故事，我知道怡安是王伯伯在大陸撤退時，怡安的家人托你照顧的，我也聽怡安提起王伯伯在大陸的處境，正因爲這樣王伯伯不捨怡安離開，而怡安內心也淸楚，這麼多年來王伯伯辛苦的教養，所以雙方都放不下對方。」
我：「哪有這回事，帥哥你想的太多了，我知道怡安很黏我，她的個性本來就是這樣的。」
柯英傑：「怡安黏著王伯伯，是出自於王伯伯猶如怡安的父親照顧著怡安，所以讓怡安有了安全感，是王伯伯給怡安一個家，一個溫暖的家。如今怡安已經是個大人，該有自己的生活，王伯伯怕怡安離開身邊，自己會孤單寂寞，王伯伯擔心，同樣的怡安也擔心著。解決辦法是王伯伯要放手，讓怡安能夠展翅高飛，能夠有自己的人生，我知道這樣說很簡單，叫王伯伯這樣做，王伯伯一定不肯，但是王伯伯還眞的要放手，所以請王伯伯還是仔細想想。」
我聽了之後眼睛有點泛紅：「帥哥，你很厲害，我是沒有讀很多書，今天你說的話請你要牢牢記住，關於我的問題，我有時間會仔細思考。帥哥，要找怡安趕快去吧，晚餐不要理我了，我自己會處理的。」
柯英傑跟我道別之後，柯英傑的背影逐漸消失在我的眼前……

晚餐時自然只有我獨自在家，我打開冰箱看了一下，拿出泡麵來當今晚的晚餐，當我正在準備時，有人打開了大門，我心裡想：「怡安嗎？不太可能吧！怡安跟那帥哥去約會了，沒空理我這老頭子了。」

「爸，我跟英傑回來了，我們還帶了晚餐。」怡安邊開門邊說。

「妳跟帥哥不是去約會了嗎？怎麼又回來了？我自己有準備晚餐了。」我在廚房煮泡麵。

怡安走進廚房看見我在煮泡麵唸了我：「爸你又吃泡麵了，泡麵對你的身體不好還吃？」

我回嘴：「泡麵又不是妳吃的緊張什麼？」

怡安拉著我說：「好了，爸出來吧，我買了晚餐大家一起吃。是你喜歡的滷牛肉、滷蛋、水餃、水煎包。」

我也指著桌上食物說：「對喔！也有妳愛吃的臭豆腐、蚵仔煎、小籠包。」

柯英傑：「這桌上的食物每一樣都好吃。」

我看了柯英傑一眼：「帥哥這邊沒你的場，別吵。」

怡安：「爸，你不要對英傑這樣，他知道你的心情，所以今天特別回來跟你一起吃飯。」

我：「是這樣嗎？妳不要被這帥哥給迷住了，我是不相信的。」

怡安：「爸，我知道啦！那英傑就不要說話，我們一起吃晚餐吧！」

我吃了兩口水餃：「怡安這哪裡買的水餃？還眞好吃！」

柯英傑使了眼色給怡安，怡安：「爸，你不知道我找了好久才知道這間水餃店，好吃吧！」

我：「眞的不錯好吃，帥哥你怎麼顧著吃不說話呢？我們家又不是共產黨。」

柯英傑吃到一半一臉疑惑如此說：「我，我，剛才……」

怡安：「英傑是不好意思，這裡是爸的主場，他不敢搶了你的場子，怕你老人家沒戲可唱。」

我：「帥哥，多吃一點不要客氣，這裡當作是你家，我去拿酒來。」

柯英傑從包包拿出一瓶高粱酒：「謝謝王伯伯，我這裡有準備高粱酒要請王伯伯的。」

怡安臉色不太好：「英傑你怎麼有酒啊？爸你不要喝啦！」

我瞄了酒幾眼便對怡安：「帥哥來者是客，我們不能怠慢客人，來，來，帥哥一起喝。」

「怡安要多吃點菜，不要自己餓了，爸是不可能每天都照顧著妳。」我帶著酒意跟怡安說。

「爸我知道你一直很努力把我照顧好。」怡安看著我。

「以後不管如何，妳要相信爸爸永遠站在妳的身旁，我知道有時候妳會生氣，氣爸爸古板又固執，爸爸是不得已的，請妳原諒爸爸。」我這樣說。

「我知道爸肩膀上的擔子重，我自己也很無能，無法分擔爸肩膀上的擔子，有時候我覺得自己好差勁。」怡安帶著難過的說。

「二十多年前帶著妳，從海南島逃出到現在，沒能讓妳能上高中，腳還受了傷，自己常常在想這件事，我真是愧對妳父母親的交託。」我有點內疚。

「爸你千萬不要這麼說，你真的很棒了，你真的很努力了，是我自己不好，沒聽你的話，這一切都是我要承受的，我從來都不怪爸，相反的是爸努力將我的腳醫好。」怡安低著頭。

此時柯英傑躺在椅子上說著酒話，我看著柯英傑：「這小子今天才喝五杯而已就倒了，真是要命唷。妳可千萬不要被這帥哥欺負喔，他如果敢欺負妳，打電話跟爸說，爸來處理他。」

怡安笑了一下：「爸，我知道啦！你放心吧。」怡安舉起杯子：「爸女兒敬你，謝謝爸這多年來無私細心照顧我。」我也舉起杯子：「謝謝怡安陪我這半輩子，乾啦。」

我跟怡安一起把酒喝乾，我：「桌上的東西我來收拾，妳去照顧帥哥吧！」

十二月最後星期六的下午，氣象預報今天是非常寒冷的一天，果然不出所料今天眞的很冷，柯英傑約我在一間咖啡廳碰面，柯英傑搞神秘到現在還沒出現，原本約下午一點半見面，現在已經超過兩點半，柯英傑再不出現我就要離開了。咖啡廳外面有一個人匆匆忙忙跑了過來，原來是柯英傑趕過來了，只見他喘呼呼地跑到我的面前，看柯英傑上氣不接下氣的，先讓柯英傑休息一下喘口氣喝口水，柯英傑：「對不起怡安小姐，早上家裡有點事耽擱了，在這裡賠不是，請不要介意。」

我驚訝的說：「英傑怎麼了，家裡發生什麼事嗎？」

柯英傑：「倒不是家裡發生什麼事，而是明天我就要受洗，正式成爲基督徒，教會的牧師到家裡來拜訪，所以今天才會遲到，眞對不起。」

我驚訝的說：「你要受洗？眞的還是假的？」

柯英傑拿起杯子喝口水繼續說：「當然是眞的啊！妳以爲我是在騙妳的嗎？」

我：「眞是太不可思議了，什麼原因讓你願意成爲基督徒呢？家人不會反對嗎？還有成爲基督徒之後你會怎麼樣？每天都要念經嗎？還是你不要我了？」

柯英傑：「拜託！我的怡安小姐妳的問題問得很好也很蠢。首先我先說妳蠢的原因：我不會因爲受洗成爲基督徒而不愛妳，應該是會更愛妳才對。這樣妳了解嗎？」

我：「你不會像寺廟的出家人一樣每天敲木魚念經吧！」

柯英傑：「不會的，從頭到尾我說出來給妳聽看看，聽完之後妳就知道明白這一切。」

柯英傑繼續說：「原本我們全家不信主的，剛好我媽有認識教會的姊妹，平日都有去教會小組查經，但是一直沒有信主。直到前一陣子媽媽因爲肺炎生病住院，而住院這幾天教會的弟兄姊妹也來醫院關心媽媽，而這些弟兄姊妹也沒有拿我們家的一分錢，他們是主動來關心的，還爲我們全家禱告，而我們都不是基督徒也不是教會的人，媽媽身體好了之後就信了主，接著爸爸也信主，全家剩下我跟弟弟還沒有信主。」

我：「那你爲什麼信主呢？」

柯英傑：「自從我爸媽信主後，對世間的態度突然樂觀了起來，他們認識主之後覺得很喜樂，這種感覺也傳染給我，所以我也開始認識聖經，說實在的聖經我還是看不懂，哈！」

我：「聽你說了這麼多，原來基督教不是我們想像的那般無情無義，那這樣我也可以信主成爲基督徒嗎？我可以跟我爸爸說嗎？」

柯英傑：「可以啊！妳若有感動經過受洗，當然可以成爲基督徒啊！妳可以把這個福音告訴妳爸爸，我相信妳爸一定會接受的。」

這個星期日早上我在家門口等著柯英傑，原因是因爲我手上有張上次吃麵時，遇到教會的人留下來的名片，今天我想去看看教會，特別請柯英傑陪我去，這個教會離我們家說遠也不遠，但是還是有段路的。英傑來了！那台藍色福特汽車緩緩駛了過來，「嗨！英傑早。」我開了車門打聲招呼，柯英傑則是微笑點頭：「上車吧！慢慢來小心點。」

柯英傑：「妳有跟妳爸說要來教會看嗎？」

我搖頭：「我先來看看確認一下，雖然你說得很好很美，可是我還是不太相信，看了再說。」經過一段路程來到教會門口，這時教會的大門正敞開著，門口有姐妹歡迎自遠方而來參加「主日」的朋友，這時從教會裡面傳出歌聲來：「……我要向高山舉目，我的幫助從你而來，滿有豐盛的慈愛，賜給凡求告你名的人，你的愛總是不離不棄，憐憫如江河湧流，在我敵人面前擺設筵席……」而我跟柯英傑也一起進入教會，找了地方便坐了下來。今天主講的題目是：「尊榮父母，帶來祝福」今天的主講人是他們的牧師林夏盛。

結束之後林牧師特別邀請第一次來教會的朋友一起介紹自己。對於今天所講的內容我特別問了牧師：「請問牧師平日的燒香、拜拜不可以嗎？還有如何孝順父母呢？」

林牧師：「簡單說妳的追思與緬懷是用拿香的方式進行，拿香是中國人的習俗，而我則是用另外方式來緬懷，所以我們是不相干的。父母疼愛兒女是天生自然的，但要讓孩子懂得孝順卻需要刻意的教導。以弗所書六章一—四節：不單告訴兒女要孝敬父母，使你們在地上得以長久，得耶和華上帝的祝福。我們來看今天的信息，是對作兒女的勸勉，告訴做兒女的應當如何，才能得上帝的祝福。今天我們所讀的經文，出現了兩個重要的動詞，一個是『聽從』，另一個是『孝敬』，說明了對父母應有的態度和行動。信主後，我們要求主給與力量，讓我們有力量去聽從父母，在耶穌裡面得著力量；得著順服的生命來順服父母，因爲主耶穌正是順服最美好的榜樣。聖經的意思是，當我們孝順父母就會受上帝的喜悅，在十誡當中也說孝順父母會得著上帝的祝福，所以孝順父母親就是愛上帝，相對的上帝也大力的愛我們。」（註十六）

內心充滿疑惑的我反駁牧師的話：「大多數人是在父母親愛護下長大的，可是有些人卻從未見過父親或母親，甚至雙親未曾見過，這些人要如何愛父母親呢？」

林牧師帶著有點嘆息的口氣回答：「喔～如果是這樣的話，必須要跟上帝說清楚，讓上帝來愛妳，或者讓愛妳的人來更愛妳。」

突然間眼睛被淚水掩蓋住視線，鼻子也酸了，我試圖用手擦拭眼角的淚水，用呼吸穩定內心即將爆發的情緒，可惜方法並沒有奏效，原來只是小聲啜泣，內心再也壓抑不住，排山倒海而來的情緒，哭泣聲從小聲轉爲大聲，接下來情緒爆發，牧師與旁人看見我這舉動嚇了一跳，並不清楚發生了什麼事，只見我嚎啕大哭起來，口中喃喃自語：「我好想我的父母親，爸！媽！怡安好想你們啊！你們在哪裡？每一天每一刻我都想著你們，你們到底在哪裡？」

大家見狀紛紛走了過來，看看是發生了什麼事，我跪在地上失聲痛哭許久，一些姐妹與柯英傑在旁邊安慰著我，這時林牧師蹲了下來輕輕拍了我的肩膀，林牧師扶著我：「我們到椅子那邊坐下來，有什麼心裡想說的話，在這裡跟上帝說，上帝必定傾聽妳說的每一句話。」

我回頭看了林牧師問了一句：「牧師，你說的是眞的嗎？我所說的話上帝會聽見嗎？」

林牧師堅定的說：「我們的神是又眞又活的神，祂是創造宇宙天地萬物的神，祂一定會聽見妳說的每一句話。」

這時邱傳道走了過來：「加油！大家在這裡陪著妳，有林牧師、教會弟兄姐妹，還有妳的男朋友也在一旁，把妳內心想要跟上帝說的話通通說出來，上帝必定會爲妳主持公義。」

我收拾了情緒吸了一口氣：「親愛的上帝啊！五歲時，我的雙親爲了我的安危，把我從無情戰火中送了出來，見我平安後皆投海自盡，至今我無時無刻思念我的雙親，怡安在這裡懇求上帝再讓我見一次我的雙親，能夠再見一次就好了，阿們！」

旁人齊聲說：「阿們！」林牧師、邱傳道跟柯英傑一起安慰著我。

回家之後爸正坐在沙發上打盹，我輕輕在爸的耳邊喚了一聲：「爸！」

這時爸醒了過來：「妳是誰啊？怎麼會在我的家裡呢？」

我趕緊上前抱住了爸：「爸你又忘記了，我是怡安啊，你在海南島把我帶回來的那個怡安，那個很笨的怡安！」

這時爸似乎想起來了：「對，對，我差一點忘記了怡安、怡安，今天妳去哪裡約會了？一整天看不見妳的影子。」

我高興地說：「我可以告訴你一個好消息嗎？今天我去教會認識上帝，我把藏在內心已久的話，一次跟上帝說，說完之後心裡好舒服。」

爸點點頭：「很好喔！什麼時候說給我認識？」

我接著說：「現在我就可以跟你說，這位上帝是眞神，隨時都在聽我們說話，不用再燒香拜拜，才能跟上面的人說。」

爸遲疑了一下：「等一下，不用拜拜也不用燒香，而且隨時就可以說，這話是什麼意思？

怡安，爸被妳搞糊塗了，把話從頭到尾說清楚。」

我：「是這樣的，我最近認識了基督教，發現上帝才是眞正的神，我們可以隨時把內心的話告訴上帝，不需要燒香拜拜，也不用每次準備很多食物，還有很多教會的人會來關心你。」

爸生氣的說：「你說不用拜拜燒香，爸怎麼跟阿姨說話？怎麼跟祖先交代？不用準備食物？他們不會肚子餓嗎？我不想聽見這些亂七八糟的東西，給我離得遠遠的。」

我不放棄地說：「爸！這是福音，我現在告訴你……」

此時的爸帶著怒氣的說：「妳再說！」

我依舊不放棄地說：「爸！這是福音……」

我的話還沒說完爸邊走邊甩門離開：「妳不走？我走就是！」

此時屋內剩下我一個人在那啜泣著。

我撥了電話給柯英傑，告訴家裡發生事情，柯英傑念了我一頓：「妳還沒受洗成爲基督徒，而且妳對於聖經認識還不夠，看妳如此跟爸這樣說，爸當然會生氣，是我的話也會生氣，我看像這種事情還是請教會的人來說會比較好，現在最重要的還是把爸給找回來。」

過了沒有多久品福叔叔來到我們家，品福叔叔：「剛才看見妳爸怒氣沖沖地離開，我問了他發了什麼脾氣，妳爸胡言亂語我也聽不懂，品福叔叔只好來看看妳們家，還好吧！怡安？」

我哭著把事情從頭說一遍。品福叔叔：「原來是信基督教的問題，中國人拿香拜拜習慣了，現在這樣跟妳爸說，妳爸當然會生氣，是我聽了當下我也會生氣的，我知道妳是好意的，但是說話還是要看一下的，不是拿來就說，妳跟士官長的個性都是一樣的，直到底不會拐彎抹角，原來是一件好事，都被搞成爛攤子。」

我哭著說：「品福叔叔那現在該怎麼辦？爸會不會離家出走？天氣這麼冷會不會受凍？」

品福叔叔：「妳知道士官長生氣時會上哪去嗎？」

我點點頭：「我大概知道爸上哪兒！」

正當我要準備起身時，品福叔叔：「好，等一下再去，不用急，讓士官長多冷幾下，冷靜下了再去。」

八

冬天的衆星特別渺小且閃爍不定，就連高掛天際的月亮，在大甲溪上也顯得畏縮且羞澀。一輛南下莒光號列車從隧道竄出，在大甲溪花樑鋼橋上奔馳著，那銀灰色的鋼橋橋身加上沉重的軌道聲，再加上列車上的集電弓不時發出閃光，宛如螢火之光與星月爭輝一般。

我站在隧道口旁望著南來北往的火車，寒風刺骨加上火車經過隧道時帶來的空氣對流，使得我的雙手必須放進口袋，此時一雙手從我的背後穿過手臂空隙抱住了我，怡安左臉頰貼著我的背：「爸，該回去了，天冷阿姨會擔心的。」

我倒吸了一口氣：「過完年，妳跟帥哥的大事要辦了！」

怡安輕聲地說：「我要陪著爸一輩子，我可以不嫁。」

我清了喉嚨提高了音量：「笨怡安，妳除了笨還眞是笨，不能說妳笨，應該說怡安眞愚。」

怡安帶著一抹微笑地說：「是的，爸，你說的都是。」怡安的右手臂勾著我的左手慢步的回家去，不知何時我的臉上有兩道淚痕，怡安看見了：「爸你哭了？」

我捏了一下鼻子：「嗯～妳看錯了。」

除夕夜的那天，怡安正在廚房準備年夜飯，而我將家裡外整個打掃一遍，將門聯貼上之後總算是完成所有的工作，我站在門外打量了一下門聯。「家裡一點大就把我搞成這樣，看來是年紀大了，歲月不饒人，王小二眞的要低頭了。」正當我要進門時後面有人呼喚士官長，我回頭一看是克強：「克強你來啦，你還帶禮物來太客氣了。」

克強高興地上前跟我握手：「士官長新年快樂，蛋捲而已意思意思。」

我接過克強的禮物：「克強你看這門聯不錯吧！」

克強笑著說：「唉喲！新年什麼都好。」

我：「克強請進，小房子不要嫌。」

克強笑著說：「如果這叫小房子的話，那我以前住的地方怎麼叫呢？」

怡安從廚房走了出來：「克強叔叔你好，好久不見請坐。」

克強：「上次看到的時候是高中生吧，現在是亭亭玉立的姑娘喔。」

我：「坐，坐，怡安我們把菜端出來吧。」

克強：「我也來一起幫忙吧！」

三人一起吃飯聊天，我：「克強搬到台貿五村還習慣嗎？」

克強笑了一下：「搬過去台貿五村是好的，但是也是小，不夠自由，而且那地方很荒涼，公車不太願意進來，感覺綠川比較好。」

我：「那時候眞的要感謝克強在貴陽幫了我們忙。」

克強：「這沒有什麼，剛好在貴陽我有一間房子，給你們夫妻住，小地方而已沒嫌就好了。」

怡安：「爸如何與克強叔叔認識呢？」

克強笑著說：「一九四二年部隊本要跟著遠征軍一起去緬甸，後來命令要求我們到邊界守住中緬公路，結果等到遠征軍慘敗退出緬甸，部隊就到移防到貴陽，防止日本人進攻四川。那時士官長在衡陽受了重傷，被送到醫院治療，而我剛好在醫院探視自己的同伴，正巧遇到士官長的太太，士官長的太太當時手足無措，我就幫了一點小忙，然後就認識了士官長。」

怡安：「原來是這樣啊！」

我：「當時憑阿姨才有辦法弄到吃的跟醫院的治療嗎？」

克強：「那時候人命不值錢，重傷、生病的丟一旁自生自滅。」

怡安驚訝的說：「人命不值錢，戰爭好慘忍啊。」

克強：「而我住在貴陽，家裡也有一間空屋，剛好沒人住，所以就給士官長他們住了。」

我：「是啊！眞的要好好感謝你，沒有你就沒我跟詠春了。」

克強嘆了一口氣：「可惜後來發生憾事，眞是太不幸了。」

我：「我不怪任何人，只怪我們自己命薄，撐得過頭上就是一片天，撐不過就墳前一抔黃土。不說這些了，過年要喜氣洋洋，大家舉杯喝乾，怡安也要喝乾。」

克強離去之後，我正在整理客廳：「怡安，等下碗筷洗完之後打個電話給帥哥，叫他這幾天來家裡吃飯。」

怡安：「爸，軍中過年要留守的，你忘記了嗎？」

我：「對喔，我忘了，不管啦打個電話連絡看看，不一定有機會的。」

怡安：「現在我不急，換爸急了。」

我：「我是怕妳嫌我嘮叨，整天在家裡煩人。」

怡安試著撥電話給柯英傑，怡安又驚又喜：「英傑初四休假，他可以過來。」

我：「就說嘛！到底是誰著急？」

晚上十點多家裡的電話響起，怡安接起了電話，只聽見話筒那方有人哭著大喊不想活了，怡安臉上露出憂慮：「爸，品福叔叔想家發酒瘋了，我們要去看看嗎？」

我：「怡安記得東西帶著，去看看品福吧！」

到了品福家門口有兩三人在門外觀望，我與怡安進入品福家，只見劉品福一人在家裡大聲嚷嚷，家裡則是東西亂丟。

我：「品福，士官長跟怡安來看你喔。」怡安主動將家裡整理，我則是找了劉品福「聊天」，劉品福醉醺醺地坐在餐桌前，餐桌上擺滿了各式各樣的年菜，而桌上的年菜卻一口也沒被動過。

「你是誰啊？站在我的前面不想活啦！我可是作戰官，作戰官啊！整個旅都要聽我的命令打回去，打～打回去，反攻大陸啊！旅長要跟上啊，大家要跟上啊，誰落單我就斃了誰。」

我：「劉品福醒醒吧，仗已經打完了。」

劉品福：「胡說，你打你的南昌，我攻我的即墨，大家分頭進擊，這次要把共產黨趕出去。」

我：「劉品福你看看，後面沒人了，仗已經打完了，都結束了，毛澤東贏了中國大陸，我們輸了只剩一個小島，我知道你想家鄉的人，但是目前就只能想想而已，我們沒法子回去。」

劉品福生氣的說：「放你的狗屁士官長，當初老蔣怎麼說的？發給每人一張『戰士授田憑證』，等我們打回去，國家會給我們一塊土地，現在有打仗嗎？我問你啊！誰會相信這點破紙？」

我有點嚴肅的說：「小聲一點這麼晚了，你這麼大聲會吵到別人的。」

劉品福：「什麼大聲小聲？今天是除夕夜大家沒睡覺，我看你是被關過打怕了沒膽是嗎？」

怡安：「品福叔叔你這樣說就不對喔，爸爸是擔心你啊！我們接到電話馬上就過來了，我們是眞的關心你啊，我們一直把你當家人看，如果我們不團結的話，那眞的會被人家看笑話，爸怕品福叔叔一個人孤單沒人可以聊天，還帶了酒過來要給你的。」

劉品福有些慚愧的說：「不好意思我發點牢騷，害得你們來關心我，結果我不領情，還羞辱了一頓，你們也沒生我的氣，眞的對不起。」

我使了眼色給怡安，怡安拿起兩瓶酒：「這兩瓶高粱是爸要給你的。」

劉品福小聲的說：「士官長剛剛對你不敬，說話大聲一點對不起，我罰三杯。」

劉品福連喝三杯，劉品福：「對了，爲了展現我的誠意，現在已經快十二點了，等會兒就要過年了，大家都肚子餓了吧！這些菜再加熱一下就可以了，你們願意留下來嗎？」

我正經八百的說：「這才是臨危不亂、處變不驚的作戰官，而且再過三年你就要退伍，要讓人家留下好的印象，所以罰你一杯。」

劉品福連忙說：「不！不！不！我應該罰三杯才對。」

我跟怡安互使了眼色，怡安：「品福叔叔，我把這些菜拿去加熱。」

劉品福：「不，不，小事情我來弄就好，你們這裡坐著嗑瓜子吃糖就好。」

我起身：「我們一起幫忙吧！」我跟怡安偷偷笑了。

年初四的清早，怡安正忙碌著家事，我坐在客廳看著除夕的報紙，我：「客廳沒茶了，泡一壺吧！」過了許久沒人回應，我大聲一些：「怡安，客廳沒茶了，泡一壺吧！」

怡安：「爸你沒看見我在忙嗎？自己泡一下茶吧。」

我：「說到帥哥女兒就高興，說到老爸女兒就畏縮。」

怡安：「爸你想吃什麼？」

我：「不用了，帥哥吃什麼我就吃什麼。」

怡安端著一壺茶出來：「茶很燙小心喝。」

我：「還是我們家的怡安最好、最體貼。」

怡安：「爸你少誇獎我了，我每次被你嫌，不會珍惜這個『撿到』的女兒。」

門外的鈴聲響起，我：「應該是帥哥來了，妳去開門吧。」

怡安與柯英傑一同進來，柯英傑：「伯父，新年快樂！」

我：「帥哥，新年快樂！你又帶禮物來。」

柯英傑：「新年嘛，討個喜氣。」

我：「最近累嗎？換你休假嗎？」

柯英傑：「還好，春節戰備就是加強嘛，剛好輪到我休假。伯父怎麼會邀請我呢？」

我：「我想了你的話很久，看看怡安今年也二十八了，而你們也交往很久了，想想事情趕快辦一辦，大家也樂得輕鬆，帥哥覺得如何？」

柯英傑：「這實在不好意思，我也沒有說什麼道理，只是理性的分析給伯父了解，重要的是伯父聽得進去這才是重點。」

我：「加油啊！帥哥怡安就交給你了，對怡安要好一點，有時候讓她一下。」

怡安：「喂！什麼讓她一下？」

柯英傑：「跟伯父報告一件事，怡安曾經說過你們家所發生的事情，我覺得我的文筆還不錯，平日蒐集了一些訪談資料，整理了這些資料，我把這些資料紀錄匯集成冊，這可以說是你們家的傳記，今天我有帶來初稿，不知道這樣可以嗎？」

我與怡安互看了一下，我拿起初稿仔細地閱讀，怡安輕聲地說：「柯英傑我眞服了你。」過了一會兒我看了柯英傑：「帥哥我沒讀過什麼書，自然是不懂什麼文章，但是我很佩服你，但對於內容我有意見。」

柯英傑：「是的，應該說還尚未與伯父查證。」

我：「你很聰明，但沒有求證過我，所以有些錯誤的部分，吃完飯後我好好的糾正一下。」

柯英傑高興地點頭：「謝謝伯父的指導。」

我：「叫爸了。」柯英傑與怡安同時笑了起來。

四月柯英傑與怡安訂婚，準備在六月辦理結婚。

怡安對柯英傑說：「英傑我想要受洗，你可以幫我的忙嗎？」

柯英傑：「幫什麼忙呢？」

怡安：「你還記得過年前我要傳福音給爸，結果爸生了氣離家出走？」

柯英傑：「記得啊！妳要傳福音嗎？」

怡安：「我先受洗，傳福音交由教會的人吧！這幾次看爸的態度有改變，我的感覺啦！」

英傑：「好的，先探探妳爸的態度。」

兩人回到家中，柯英傑：「爸，我想跟你討論一件事。」

我：「你說吧，我在聽。」

柯英傑：「就是怡安想要受洗成為基督徒，我們想跟你說一下。」

此時怡安與柯英傑忐忑不安，我沉寂了一下：「只要任何事能夠讓怡安幸福，我都願意去做。」

怡安：「謝謝爸，我想跟爸說……」

我：「等等如果妳要說的事，是關於什麼不拿香的事，這些事以後再說，妳爸現在沒興趣聽，只要妳過得好日子，爸爸祝福妳就可以。」

怡安：「不是，爸你太急了，我的意思是我受洗的那天，爸你一定要來喔。」

我：「妳受洗的那天我一定到。」

怡安受洗的這天剛好是梅雨季節來時，這幾天雨時大時小，天氣的變化實在難以捉摸，柯英傑與怡安已經在教會等候，怡安憂慮著說：「爸會不會反悔不來了？」

柯英傑：「妳爸不是那種人，他一定會來的。」

怡安：「你怎麼那麼肯定？」

柯英傑：「因爲那就是妳爸。」

此時教會傳來聲音：「唱詩，我們要讚美偉大的耶和華，讚美之泉『何等恩典』，以眞誠的心降服在祢面前，開我心眼使我看見，以感恩的心領受生命活水……」怡安不時回頭，但是爸爸依舊沒有出現。教會開始進行受洗儀式，林牧師點名：王怡安，這時後面一隻堅定不移的手拍了怡安的肩膀，「去吧，去找尋妳的幸福吧！爸跟品福叔叔都在這裡陪著妳。」

怡安起身走向講堂前，看見爸與品福叔叔就坐在後面，怡安驚覺原來爸其實在背後默默支持著，怡安這時哭了起來，爸輕聲地說並做了手勢：「笨怡安，羞羞臉。」

柯英傑看到此景搖頭輕笑了一下。

會後怡安抱住爸哭了起來：「爸你很壞，壞透了，一定要把女兒的心給嚇出來嗎？」

劉品福說：「這不能怪妳爸，途中下了很大的雨，路上車多視線不好，所以才晚到。」

怡安：「謝謝品福叔叔陪我爸來。」

我：「來教會之前我有上香跟阿姨說了，以後這燒香我來就好了。」

柯英傑：「一開始怡安擔心死了，怕爸食言不來了，我還跟她說一定要相信妳爸。」

時間很快的來到六月，這天是怡安出嫁的日子，清晨的高雄，天氣陽光普照，飯店內化妝師正忙著幫怡安上妝，怡安看品福叔叔走來走過去，怡安：「品福叔叔怎麼了？」

劉品福：「不是，看妳上妝這麼久，不知道要做什麼，心裡緊張得要命。」

怡安：「要不要下樓抽根菸，順便看看我爸。」

劉品福：「說的也對，抽根菸，抽根菸，不知道士官長跑去那兒，順便去樓下看看，不一定士官長也在下面。」

我正好從大廳進來要搭電梯，遇到劉品福從電梯剛出來，我：「劉品福你要上哪去？」

劉品福：「抽菸～」

我拍了一下肩膀：「抽完菸趕快上來。」

劉品福邊走邊說：「抽菸～」

在房間走廊上，我：「李媽媽，怡安好了嗎？」

李媽媽：「都好了等著你們呢，怡安今天眞漂亮，你們家終於熬出頭，一路走來辛苦她了。」

我苦笑了一下：「事事難預料，明天會發生什麼事呢？誰也不知道，辛苦了，李媽媽。」

李媽媽點點頭：「不會辛苦的，怡安是我們后里新村的女兒，才幫一點忙而已算不了什麼，我下樓去看看還要幫什麼忙的，先走了。」

怡安坐在椅子上，化妝師正在檢查補妝，怡安：「爸你跑去抽菸啊？有遇見品福叔叔嗎？」

我：「抽了快半包的長壽，品福叔叔看起來比我還緊張。」

怡安笑了一下：「對啊！看到品福叔叔這樣，好像他要嫁女兒似的。」

我：「緊張嗎？」

怡安點了一下頭：「緊張！」

我：「對未來的丈夫要好一點，凡事要以他為重，妳那壞脾氣要收起來，如果他真的欺負妳，一定要跟爸說。」

怡安點了一下頭：「嗯！」

我從口袋中拿出一個紅色小袋子：「這是當初妳父母親把妳交給我時，在妳身上掛的一個心型項鍊，現在我幫妳重新掛上。」又接著說：「不能哭，哭了妝又花了怎麼辦？」

怡安忍住情緒並摸了心型項鍊：「我……沒……哭……」怡安站起來叫了柯英傑一聲：「英傑幫我。」柯英傑從人群後方走出來，原來大家早在門口看見這一幕，柯英傑扶著怡安，李媽媽也過來幫忙，怡安慢慢跪了下來。

劉品福嗓音拉大：「怡安千萬不要這樣做啊。」

我上前要扶住怡安：「妳這是做什麼呢？怎麼這麼任性呢？」

怡安激動的說：「爸，你就讓我再任性一次。謝謝你從海南島把我帶出來，當初沒有爸挺身而出，可能就沒有現在的我，我們張家永遠感謝你，一輩子願意為你做牛做馬。」怡安跪下之後向我磕了一個頭，我趕緊扶怡安起來，怡安輕聲在我耳邊說：「爸，真的很謝謝你。」

李媽媽：「好了怡安，時間到了該出門了，英傑幫忙一下。」

大家一起簇擁怡安出門，我回頭雙眼一閉，眼淚自眼角旁流了下來，劉品福遞了衛生紙過來，我伸手拿了衛生紙：「謝謝品福。」

劉品福：「教得好啊！教得好啊！走吧！」

婚禮在左營的長老教會舉行，婚禮尚未開始，小小的教會已經座無虛席，男方除了家人出席之外，部隊的營長及營輔導長及一些幹部也出席，而女方這邊后里新村也有十多位鄰居參加，教會的弟兄姊妹也來觀禮，克強拍了我的肩膀：「恭喜啊！士官長。」

我：「我還擔心你找不到路，克強這邊坐。」

克強看了教會四周：「哇！好特別，在教會舉辦婚禮，我第一次遇到，人生的重要紀念，一路走來辛苦了。」

我：「沒什麼辛苦的，受人之託忠人之事，應該的。」

想起跟詠春結婚登記時，條件是非常刻苦的，結婚登記的那天詠春買了許多的菜回來，我還邀請了克強來，那天大家有說有笑、有歡樂也有哀傷，有說到戰爭的殘酷，當然也談到懷念家鄉親人的鄉愁，大家認爲仗打完了可以回家去了，沒想到剛趕走日本人，接著又是一場改變你我命運的戰爭，我只是要回家而已，「家，眞的太遙遠了嗎？」

教會的詩歌響起……我要開口向祢讚美稱謝，永永遠遠讚美不停，永永遠遠稱謝不已，我要欣然向祢獻上自己，一生一世獻上自己……

跟劉品福道別完之後回到家中，客廳的大燈剛點著，電話響起來了，我拿起話筒，另外一頭是怡安傳來的聲音，怡安特別囑咐我，怕我一個人在家不會照顧自己。我從公事包裡拿出柯英傑寫好的傳記《小人物的大時代》，這標題「小人物的大時代」吸引我多看了好幾眼，打開內頁仔細閱讀，看看柯英傑能夠寫出什麼好的文章，「王小二，一九二四年出生，家住江西省南昌市溪洪村，……父親吩咐我跟姐姐去大街……，一個身材微胖的軍人，身上除了背著槍還有一個大鍋……」越往下看心越驚，心中的那股恐懼的陰影逐漸籠罩了我。

九

七月炙熱的太陽高掛上空，在戶外工作如同揮汗如雨，這天一如往常我們六個人合力將榨乾的甘蔗渣整理送上車子，這時外面來了五輛車子，急速的轉彎及煞車聲聽得令人刺耳，從車上下來了八、九人，還有人在車上等著，這些人跟車都是警總的，下來的人直奔糖廠辦公室，大概過了二十多分鐘，有一個人被帶了出來，那不是運輸課的專員「黃山」嗎？他怎麼跟警總的人扯上關係呢？爲什麼警總的人要抓黃山呢？黃山向來話就很少，平日鮮少與衆人聊天，是下了班立刻就走，也不願意多留片刻的人。

看見黃山被警總的人帶走，過去的回憶在我腦中一一浮現，我緊握了拳頭、拿起圓鍬想要向前理論，我的右腳才跨出一步，這時班長拿起耙子橫在我的胸口，班長操著臺語：「王小二你想做什麼？你以爲你是誰啊？過去的教訓還不夠嗎？還是你想當英雄？想當烈士想瘋啊？」

我被班長這舉動遲疑了：「我……我，班長……不是……」

班長：「什麼年代還逞兇鬥狠呢？看看你幾兩重好嗎？」

班長吆喝一聲：「好了，大家都回去工作，不用看了。」

他叫「周道天」是我們的班長，聽說他們家自嘉慶年間就到臺灣來開墾，所以他算是個道地臺灣人。他們全家以前從日據時代就在糖廠上班，班長每次都說著流利臺語，對於我這「外省人」實在聽不懂，也因爲如此語言不通，做事經常牛頭不對馬嘴，經常惹班長抓狂，當我犯錯時，班長就會罵我：「死外省仔，中國就是被你們敗掉，大家都走來臺灣，害咱陪你們輸了了。」

辛苦工作了一天，能夠回到家裡好好休息是一件多好的事，當我打開大門走進屋子，摸了牆上的開關找到了客廳開關，「啪！」客廳的燈亮起，我看見王小二坐在椅子看著報紙，我說：「看報紙怎麼不開燈呢？」

坐在椅子的王小二看著報紙：「做壞事怕被看見。」

我：「你的報紙拿反了。」

坐在椅子的王小二：「因爲我剛才做了壞事，所以報紙拿反了。」

我：「你看的報紙是《新華日報》，是三十多年前大陸舊報紙。」

坐在椅子的王小二：「我正在看一些報導。」

我：「看哪些報導呢？」

坐在椅子的王小二：「看王小二做壞事的報導。」

我：「年夜飯吃了沒？」

坐在椅子的王小二：「王小二爲什麼沒有吃年夜飯？」

我：「我知道王小二去那兒！王小二坐船跑了。」

坐在椅子的王小二：「那就斃了王小二吧！」

我毫不猶豫拿起手槍瞄準太陽穴開了一槍，「砰！」我突然被槍聲驚醒，我從椅子上坐了起來，原來我剛才睡著了，惡夢，又是惡夢，可恨的惡夢……

一九八二年十月十六日，反共義士吳榮根駕駛米格十九戰鬥機，從山東省中國人民解放軍空軍文登機場起飛，平安降落於韓國漢城（今首爾）南郊的京畿道城南市空軍基地，十月三十一日，投奔中華民國。（註十七）

一九八三年八月七日，反共義士孫天勤駕駛當時解放軍最新、衍生自米格二十一的殲七IIA戰鬥機，於遼寧省大連市起飛，途中在韓國仁川外海投下副油箱以減輕重量，在當時被韓國誤以爲遭投擲炸彈攻擊，迫使韓國空防當局緊急發布空襲警報，孫天勤平安降落於韓國漢城（今首爾），八月二十四日，投奔中華民國。（註十八）

剛剛收到從香港轉來家鄉來的書信，我坐在書桌前點起檯燈，把信封反覆的前後觀看，仔細看著信封上的每一個字，爲了這封信已經等了超過三十五年，這三十五年來無法與家鄉聯繫，不知道在家鄉的親人現在可好？父親，姐姐還有二位弟弟，看著新聞報導大陸的同伴吃著樹皮過生活，看著他們生活如此的艱困，心中充滿無限傷感。

最近有人向政府提出開放老兵回鄉探親，但是都遭到政府的拒絕，政府的理由居然是怕我們與共產黨沆瀣一氣，這是什麼理由啊？兩岸已經分離近四十年，我們年紀大了還能做什麼？只不過是想回家看看家鄉的親人而已，我們這一點的要求眞的這麼難嗎？

這封遲到三十五年的信現在終於來了，看著信我深深吸了一口氣，在拆信封時我小心翼翼地，從開口黏合處慢慢地打開。這封信是三弟寫的，信中內容大意是父親在一九六六年生病過世，大姐在一九七五年生病過世，家中目前剩下三弟、四弟，大家都成家立業，三弟跟四弟各有一個兒子，目前大家生活勉強過得去。雖然信中內容簡短，但是卻充滿自責、感傷與遺憾，內心的情緒一時起伏不定，最疼愛自己的父親跟大姐過世了，自己那天如果聽大姐的話，今天的情況不會變成如此，想再多也無法改變什麼，痛哭之後只能把眼淚擦乾，畢竟日子還是要過下去的。

今天是我在糖廠的最後一天，退伍之後經過介紹來到這裡上班，時間過得很快，一轉眼就到了六十歲退休年齡，在這裡沒什麼本事，只有出些體力幹一些別人不想做的事，對於退休之後想做什麼心裡沒一個底。因爲之前的舊傷，現在遇到天氣不好時，會隱隱作痛，而且記憶力一直衰退，經常忘東忘西，想去醫院仔細檢查一下。

一早到了辦公室辦理好離職手續，然後回到工作地方上班，上班的時間似乎流動的很慢，好像有人撥慢了時間速度，彷彿每一刻都在放映著往事。中午吃飯時，周班長走了過來，拍了我的肩膀用臺語說：「老仔，眞的要退伍了，恭喜辛苦了。」

我笑了一下：「沒啦！退休哪，不知做啥，兜謝大家照顧，還有班長照顧。」

周班長聽到我用臺語說話快要笑翻了，用臺灣國語說：「我看你還是用國語說比較好聽。」

其他幾個人也走了過來：「對啦！退休比較實在，可以做自己想要做的事，我們有準備炒米粉、蘿蔔糕跟滷蛋一起吃。」

我：「謝謝大家。」

大家一起討論退休以後想做的事。

「爸，電視等一下再看，先吃飯，柯佳芳、柯語馨洗手吃飯。」怡安的嗓音提高。

我關掉電視：「這政府搞什麼？不讓我們回大陸探親，怡安妳看看，這像話嗎？」

怡安：「爸先別管了，我們先禱告。」禱告完畢只見柯佳芳馬上夾起菜往飯碗放，怡安：「柯佳芳講過幾次，吃飯的禮儀呢？尤其有長輩在更要注意，現在已經國小五年了，學校沒有教嗎？來爺爺家幾次了還不懂嗎？」

柯語馨：「媽媽，我想要跟姐姐看電視。」

怡安：「不行，吃飯要專心，小小孩才八歲就想要跟姐姐看電視？把飯吃完才可以。」

柯語馨：「好～」

我：「英傑去哪兒？這次怎麼沒有一起回來呢？」

怡安：「英傑的部隊下基地了，下個月初就會出來。退休之後爸想做什麼？要不要搬到南部跟我們一起住？」

我：「老人家住這習慣了，省一點麻煩。」

怡安：「真的不要跟我們住？爸，不要客氣。最近看電視開放大陸探親的事情，現在都說成這樣，爸，你想回家看看嗎？」

我：「政府說了幾次眞話？現在擺明就是不開放，聽聽就好，等到那一天，妳還想回去看嗎？」

怡安猶豫一下：「我不知道，想看會怕，不想看也怕。」

我：「說眞的，不想回去看是騙人的，不知道現在變成什麼樣子？生活不知道過得好不好？」

……

「一九八七年十一月二日政府宣布開放大陸探親。」我看著報紙，斗大的標題吸引著我的目光，雖然臉部沒有情緒的表現，內心卻無比的激動。電話響起我接了電話，是劉品福打電話來：「士官長你要回去吧！我是一定要回去的，我想看看家。」

我：「我會回去的，大概明年中吧！」

劉品福：「我心急，過完年我就過去，我要找我老婆去，她有回信給我，我要回去。」

我：「好啦！那你回來的時候，記得我要接機喔。」

劉品福：「知道啦，沒問題，先掛啦。」

剛把電話掛上，電話又響起，我接起電話，是柯英傑打來的：「爸，要回一趟老家吧！」

我：「是啊，我想大概明年中吧。」

柯英傑：「這次回去帶怡安回去看看吧。」

我：「這沒問題，本來就要帶她回去的，跟她說放心我會帶她回去的。」

柯英傑：「謝謝爸我會跟她說的。」

開放探親的隔年五月，我和怡安透過旅行社的安排，準備要回南昌老家探親，先前準備的三大件及五小件，旅行社已經先行送到家鄉，三大件包括：電視機、洗衣機、電冰箱；五小件：手錶、熱水瓶、照相機、電鍋及吸塵器。

柯英傑：「我來幫忙搬行李。」

我：「英傑謝謝你，還送我們到機場。」

柯英傑：「不用客氣，一點路程而已，怡安，回去時注意爸的身體，還有多拍幾張照片回來，東西都要帶好。」

我：「怡安，台胞證、護照，檢查一下。」

怡安檢查了證件：「證件我檢查都帶了。」

我拿了一袋東西給怡安：「這裡有美金、項鍊，給妳的這份『保管好』，這邊我自己夠用。」

我：「英傑，回去注意安全。」

柯英傑：「知道，你們也要注意安全。」

就這樣我們送走了柯英傑，我們在桃園機場集合，等待旅行社的安排，然後搭機到香港啟德機場再到廣州住一晚，隔天從廣州搭乘國內飛機到南昌機場，再到家鄉「南昌溪洪村」停留十天，回到廣州休息一晚，搭機到海南島停留四天，然後再回廣州停留一天，隔天到香港搭機回家。

(怡安)到了香港又坐船到了廣州，在途中遇到好多榮民要回家鄉探親，身上穿著西裝、手上帶著名錶、手指上掛著戒指，這些都是要「衣錦返鄉」。傍晚到了飯店休息，明日一早就要搭機探親，我看著爸在注意電視新聞便喊了一聲：「看新聞啊！爸。」看爸不理我，以爲他在專注著電視，搖了爸一下：「爸，你在看什麼？」

結果王小二回頭看我：「妳是誰啊？我不認識妳。」

我有點緊張的說：「爸，可不能開玩笑喔！」

王小二：「小姐妳叫什麼啊？我要回家。」

我：「爸，你的失憶症，可不能在這個時候發作。」

王小二：「小姐妳怎麼了？」

我：「爸，我是怡安記得嗎？那個撿回來的女兒，怡～安～記得嗎？你先去洗澡休息，順便吃個藥，明天我們還要很早起床出發。」

王小二：「對，想起來了，怡安，好！我先去洗澡，藥先給我吃吧，妳叫怡安？」

我點頭：「對，我是怡～安～。」看著爸吃完藥去盥洗，我抹了眼角的淚水，心想：「上帝不能這時開這玩笑給我，好不容易爸能回家，這時千萬不要出難題考驗我。」

一早用餐時我看著爸：「爸，你還記得我嗎？我是怡安。」

王小二：「怡安？怡安？好像記得，但是有點想不起來，等下要回家嗎？」

我：「等一下我們要搭飛機，去你的老家看看，要記得我叫怡安，路上要聽我的話。」

王小二點點頭：「聽怡安的話，可以。」

搭乘國內飛機實在非常驚險，國內飛機看起來很老舊，引擎聲音很大聲，由於路程遙遠，一般而言搭飛機可以節省許多時間。下了飛機後我們叫了計程車，一路直奔爸的家鄉，可是路面的品質並不是很好，有時路面是碎石子，大多數時間都是泥巴路，只有極少路段是柏油路，坐起來還眞的不是很舒服，司機說路程要大約三小時。沿路上除了拍攝風景外，我一直提醒著，爸現在要回家了，而爸一直望著窗外不發一語。

車子開了近四小時，終於抵達爸爸老家的外圍，牆上還掛著紅布條，布條寫著「慶賀王小二回歸祖國」、「歡迎王小二回家」等字樣，紅布條映入眼簾沒有多久，有人點燃了長串鞭炮，鞭炮聲此起彼落，我看了爸爸一眼，爸爸的手緊緊握住了我的手，爸爸想起來了。車子繼續往前開，到了村莊門口，我看爸爸搖下車窗，似乎在尋找什麼，這時有人敲了司機的窗戶，司機聽了之後就按著那人所說的，拐了幾個彎之後，開到一處門口停下來，我看見許多人在門口排隊歡迎，還有電視台記者也來採訪，司機說就是這裡了，我跟爸爸付了車資下了車，爸說：「到了，就是這兒，我回家了。」

這時好幾人歡喜的上前，其中一人開口了：「哥，恭喜啊！歡迎回家，好久不見啊。」我：「是啊，三弟、四弟，這眞是好久不見。」我跟三弟、四弟相擁而泣，姐夫也上前來祝賀，電視台記者在旁拍攝這感人的畫面。村長跟書記也上前來恭喜，我跟他們握手致謝，書記這時說話了：「今晚黨這裡要宴請王同志回國，歡迎王同志回來，王同志一定要到喔，大家不用客氣，其他家眷也都要到。」

我：「沒問題，謝謝。」

三弟：「這位就是在信中提到的乾女兒王怡安女士。」

我點頭就是這位，怡安顯得害羞：「你們好，大家好。」

三弟領著我前去跟祖先、父親、母親及大姐牌位上香，我一見父親及大姐的牌位，立刻悲從中來，止不不住的淚水，我跪倒在神桌前，不斷的磕頭、不斷的認錯，四弟啜泣著說：「哥，你知道嗎？那天你不見，父親跟大姐著急的去找你，找了一整晚找不著你，晚上的年夜飯沒人吃得下。爸跟大姐每天去外頭找你，直到你寫了信回來，爸跟大姐才放下心中的大石頭。日本人到了南昌、長沙，我們開始擔心你的安危，最後你受了重傷寫信回來，爸看了幾乎快暈倒，還好祖上保佑，每次讓你死裡逃生。」

三弟將我扶了起來，給我喝口茶，緩和一下情緒。四弟繼續說：「抗戰結束之後，原來以爲勝利來臨，結果二哥上街買東西，不幸被盜匪殺死，那時局勢混亂，我們想逃離這裡，結果在上海上不了船，我們害怕大哥回來找不到我們，只好再度回到這裡。後來紅衛兵掃蕩整個中國，我跟爸、大姐、三弟這時才分開逃跑，這時爸受不了長途跋涉，最後生病過世了。等過了風頭我們短暫聚在一起，不過因爲討生活關係我們又分開，大姐因爲過度勞累，在一九七五年也過世了，只剩下姐夫一人。」四弟沉寂了下來，我：「弟妹呢？」

三弟：「幾年前發生嚴重飢荒，弟妹沒東西可吃，只能離開這裡，到別處討生活，不過多年來一直沒有消息，我也不知道是生是死。剩下的故事有機會再說，哥，我帶你認識其他人，以前國家還配給一間房給你，後來我們拿去用了，我們這幾天整理打掃乾淨，順便帶你們去住的地方，鄉下地方不要嫌棄啊。」

我：「怎會呢？感謝都還來不及。」

三弟：「這幾天你們就睡在這裡，剛才書記說了晚上黨請吃飯，等下你們行李放好就出來，我們帶你們去，明天開始換我們請哥吃飯。」

這時候我拿出項鍊給三弟、四弟，三弟及四弟不敢收下，我：「不要客氣了，辛苦了你們，都是哥的不對，這三十多年，眞是辛苦了你們。」三弟與四弟才收下項鍊。

我們一進房，空氣中就布滿灰塵，怡安摉了幾下：「這房間有整理嗎？通通都是灰塵。」我輕聲地說：「小聲一點說不定他們還在外面。」我重重地放下行李，怡安也跟著我一樣做，我大聲地說：「怡安，把東西整理一下，我們還要出門。」這時聽見腳步聲緩緩離去。

出發前趁著大家都在，我送給每位親屬一條項鍊、孩子一只手錶，也包括三弟及四弟。在書記的熱情款待之下，每個人都享用豐盛的佳餚，今天能夠順利見到親人，四十年的盼望與舟車勞頓之苦也都拋之腦後。

第二天一早怡安搖醒了我，剛睡醒的我：「什麼事，怡安？」

怡安小聲地要求我陪她上廁所，我：「拜託！昨天不是不需要幫忙嗎？」

怡安：「那是因爲剛好沒人，可是現在一直好多人在使用廁所，拜託啦！可愛的爸爸。」

我無奈只好去廁所當「門板」了，原來大陸廁所的門沒有「門」，如廁時會被旁人看光。

⋯⋯⋯⋯

早上我們一起去父親跟大姐的墳前上香，更早之前我請三弟將舊墳重修，現在新的墳上頭增加了「王小二」的名字，算是補足了心中的遺憾。事情辦完之後，三弟帶著我們去欣賞著名景點：「滕王閣」與「繩金塔」，參觀完時間也差不多了，今晚四弟請客，三弟就帶著我們到四弟那吃飯。

四弟舉起酒杯：「大家要把酒喝乾！」我也舉起酒杯一起喝乾，四弟：「很高興大哥回來了，這一等就是四十年，幸好在我有生之年等到大哥，只可惜父親與大姐沒這機會。」

原本愉快的氣氛，瞬間降了下來，三弟：「四弟這話說不得，那時國民黨亂抓人，我們不是沒耳聞，只是還眞被大哥遇上了，也怨不得大哥。」

姐夫：「三舅說的沒錯，何況那時人命能值多少錢呢？今天大哥還能坐在這裡，跟我們一起把酒言歡，這眞是萬幸了。」

四弟：「你說的也對，不過大哥我有問題藏在心裡很久，剛好你在這裡我想問你。」

我：「四弟說吧！什麼問題？」

四弟：「那時你被抓走，後來寫了一封信回來，那信上用黑毛筆寫著你的名字，在名字上面卻用紅毛筆打圓圈，這是啥東西？」

我笑了起來：「本來我想寫封信報平安的，結果發現我不會寫字，後來我想起點名簿不都是這樣嗎？來的人在名字上面打圓圈，於是我就這樣做啦。」

這時大家聽了笑成一團，連怡安也大笑不已，三弟笑到上氣不接下氣說：「每個人看了好久，不知道是啥意思，大姐帶著信去問老師，老師說：『閻王簿是把名字用紅筆劃掉，妳看這用紅筆打圓圈，意思是沒有被閻王帶走，還活著好好的。』」這次大家聽了之後笑得更大聲，這時我的臉紅漲到不知道幾千倍幾萬倍。

我的聲音企圖壓過所有人的笑聲：「四弟你這是來消遣我的啊！」

四弟笑著說：「大哥你知道二哥說什麼嗎？」

二哥說：「大哥也太離譜了，大哥還上過小學，原來上課都在打混，老師教的字沒一個學到，如果還遇到大哥，爸，千萬不要客氣，把大哥的屁股打爛，這眞的是嚇壞所有人。」

這一晚大家在歡笑中渡過。怡安扶著我回到房間，門一打開燈還來不及點亮，我就直接倒在床上哭了起來，怡安趕緊拍拍我的背，怡安小聲地說：「爸，我知道你好久沒跟弟弟他們聊天，今天你應該很高興，你也喝多了，早點睡吧。」

回到家鄉的第三天，這次由姐夫帶著我們去欣賞「九龍湖公園」，九龍湖湖面非常大，而且還可以划船，我們和姐夫一起欣賞了美麗的九龍湖。回程姐夫跟我談起了姐姐，姐夫：「我跟你姐結婚於一九五三年，剛好我要去學校時與你姐認識的，那時早晨正下著大雨，因爲躲雨的關係，我跑進一間麵店，順便點了一碗麵，剛好你姐跟我同一桌。我要結帳時，手一摸發現錢包忘記帶了，你姐主動幫我付清，而我也順便認識你姐，自此開始與你姐熱戀，交往半年後結婚。

你大姐是個心地善良的人，總是把最好的留給別人，那時因食物缺乏，好幾次你姐拿了家中的食物給了你們，而我跟她爭吵過多次，我認爲你姐已經嫁出去，不可以繼續幫你們，可是你姐說爸還在，作爲女兒不能無情無義，而我被你姐這句話而感動，後來再也沒阻止過。她也說起你的事，總是誇讚你天生聰明長得帥，在家裡是個好幫手，所有弟弟當中，如果有機會的話，她會把你送出去唸書。而你也曾經寫信告訴她，你的妻子詠春有多美麗，她也相信你的妻子是一個溫柔婉約的美人，她也很高興你能娶到一個好老婆，而你曾經說過嫂嫂是個知書達禮的人，你姐很想認識她的嫂嫂，想看看嫂嫂是如何把你收入五指山。」

說到這裡我開始想起大姐對我的好，但是我很調皮不聽話，多次忤逆我姐，讓她多次痛哭傷心，可是我的大姐依然疼我，到頭來還是說盡我的好話，這段期間眞是辛苦大姐了。

姐夫：「自從你被國民黨抓去當兵，她無時無刻思念著你，每當你寫信回來，她總是又驚又喜，一封不漏的收藏起來，但她又害怕下一次無法收到你的信。空閒時她總是拿出你寫過的信，一遍又一遍的念過，念到她念不下去爲止。兩岸分開之後，再也沒有你的消息，日子久了你姐的盼望消沉了，她只好利用工作來麻痺自己，白天在田裡工作，晚上則是幫人縫麻布袋，後來因爲積勞成疾離開人世，那些她保留下來的信則是陪伴她終生了。」

我問姐夫：「姐夫，有什麼話想說嗎？」

姐夫：「送給你姐一首詩。」

我：「什麼樣的詩？」

姐夫：「風住塵香花已盡，日晚倦梳頭。物是人非事事休，欲語淚先流。聞說雙溪春尚好，也擬泛輕舟。只恐雙溪舴艋舟，載不動許多愁。」

姐夫：「李清照的詩〈武陵春．春晚〉，我想這首詩最適合她了。」

我：「眞好，眞的很好。」我從包包拿出三條項鍊，還有壹元的美鈔一百張給姐夫，我：「姐姐對我眞的很好，我眞的欠她太多了，這些算是我補償給姐的，姐夫你把這些收下來，不要跟其他人說，千萬不要跟其他人說。」

姐夫：「我知道你的意思，我會收好的，這是你姐的我不會動的。」

今晚是姐夫請客，面對滿桌的佳餚，大家享用不盡。回到住處之後，我正在整理行李的東西，怡安：「這樣看起來爸跟大姐感情眞的很好。」

我：「我們家姐弟的感情，就是我跟大姐最好，每當父親生氣要打我時，都是大姐幫我擋住，只可惜再也見不到大姐一面了。」

怡安：「我知道這趟爸回來，看見親人很高興，但是給東西時，還是要小心一點，像今天另外給姐夫這麼多，還是要節制一點。」

我：「小孩子不要多問，睡覺去。」

怡安擺了一張臭臉：「哼！」

回到家鄉第四天，四弟帶著我們到「獅子峰」逛逛，途中四弟好奇的問我：「哥身旁這位乾女兒是怎麼一回事？在信中沒有說得很清楚，只說了是有人託付的，可以說說看嗎？」

我看了怡安：「記得一九五〇年我們與共產黨交戰，國民黨已經敗退到海南島了，後來共產黨渡過瓊州海峽，我們根本抵擋不住，那時總司令薛岳還說什麼『伯陵防線』，結果全都沒用。最後我們被通知上船，那時候亂七八糟，記得有對年輕夫婦大概二十五、六歲吧，拉著我的手，把孩子推給我，那孩子很可愛才五歲，他們說交給我比較安全，我就把小女孩帶上船，名字我忘了問，一回頭，那對年輕夫婦跳海了，我趕緊帶著孩子上船。那時還帶著一位連長，可惜連長在船上發瘋，被大家丟下海，只剩小女孩跟我來臺灣。」

四弟：「哥，那時你有沒有帶黃金去臺灣？」

我：「原本要去臺灣的船，船上已經裝了黃金、米、錢，還有很多東西，結果太多人上船，船載不下又通通丟下船，一個也不留，人實在太多了，最後我們連步槍都丟了，哪能拿些什麼。」

四弟又繼續追問：「眞的，哥沒拿任何一條金塊？」

我一臉無辜的說：「眞的啦，那時候逃命要緊，管他什麼東西，到臺灣來什麼都沒有，身邊沒有錢，眞的沒有東西吃。」

四弟：「聽人說國民黨把黃金全部帶走？」

我：「聽人說，聽人說，誰說都一樣，錢又沒分給我們，自己生活過的好就好了。」

四弟也點點頭。我們搭著四弟的車子下山，今晚是三弟宴客，想必今晚又是山珍海味了。

晚上睡前怡安：「今天去『獅子峰』時，爸說了我的身世經過。」

我：「嗯，看妳今晚有點悶悶不樂，我想應該是這事影響了妳。」

怡安把被子拉到鼻子：「我怕，日子一天一天地接近，我真的會害怕，怕不知道如何去面對。」

我：「這幾天看的出來，妳的話少了許多，其實今天本來就不想說的，但是四弟這樣問，我只好說出來，早點睡不要想太多。」怡安望著屋頂想了許久，想著累了也睡著了。

回到家鄉的第五天，沒有安排活動，我帶著怡安四處走走，看看這村莊變了多少。不過這四十年來，家鄉沒有太大的變化，一樣的落後，看樣子要進步的話還要等了。今天的太陽非常熱，我們提早結束行程回家去，在路上漫步，想多看幾眼家鄉，怡安耐不住日曬先走一步。

我回到房間正要開門時，突然一股冷意上身，我一開門看見怡安被人用柴刀架住脖子，那人是四弟的兒子王雄，看見此景怒火上升，我憤怒的說：「王雄你這是做什麼？刀子還不快點放下！」話才剛說完，從我的左邊亮出一把柴刀指著我的脖子。

「大哥你剛剛說什麼啊？」四弟趾高氣昂的說，我緩慢轉過頭一看是四弟，事情發生得太快太突然了，我還沒有理清事情前，四弟左手又亮出一把柴刀指著怡安：「大哥想不到吧！現在立刻把所有你帶來值錢的交出來，否則這女人命不保！」

我：「四弟你現在在做什麼？」四弟這時把刀鋒對準怡安咽喉。

怡安哭著說：「爸，那是你努力賺來的一點積蓄。」

惱怒的我：「四弟你何時變得如此？以前大家最疼你了，尤其爸更是疼你，怎麼現在你變了，連兒子也變得與你一樣？你是去做盜匪嗎？還有，那天站在屋外的人是不是你？」

四弟拿刀指著我的頭，冷眼看我：「我說大哥啊！你說對了，那天站在屋外的人就是我。不過啊，大哥你的心機倒是很重啊！連自己人都要盤算。這些日子我學會了不少東西，活著的人要想辦法活下去，這道理你懂嗎？不過死人就不必懂了。」

我：「四弟你這句話是什麼意思？」

四弟：「你跟著國民黨吃香喝辣的，以爲我不知道嗎？當你們把一箱又一箱的黃金從上海運出去，在臺灣分贓，然後在臺灣重新過生活，你可曾想過我們在這裡沒東西可吃？我還特別問你在碼頭帶了什麼？結果答案是一樣都沒帶，我實在不敢相信。二哥怎麼死的你知道嗎？二哥爲了生計，去外面掙了一些錢，好不容易才買到米，就被盜匪給殺了，二哥死的冤不冤啊？」

我：「二弟的事我知道，父親在信中告訴我了。」

四弟：「大哥你還是不懂我說的話，毛主席說國民黨把上海黃金全部運走，分給了軍隊所有人，又把故宮的東西全部搬走，讓我們北京的故宮虛有其表，請問大哥你分了多少錢啊？」

我義正嚴詞的說：「我告訴你聽清楚了，國民黨根本沒有分給我們一毛錢。」

四弟：「大哥我老實告訴你吧，爲了一口飯吃我去當紅衛兵，後來有人要整肅紅衛兵，我趁機逃回村子。父親看到紅衛兵來了，覺得事情不妙，吩咐全家趕快逃離村子，大姐跟三弟一起往南走，而我跟著父親往西走，父親的腳步太慢了，一下子紅衛兵就追了上來，我說過：活著的人要想辦法活下去，所以我又穿上紅衛兵的衣服，我把父親打入『黑五類』，我批鬥父親、我讓父親遊街，我給父親吃糞便……」

我打斷四弟的話：「從小父親對你很好，你還這樣對待父親，甚至給父親吃糞便，你還是不是人啊？今天兒子居然與你一起做盜匪！」
四弟得意的說：「我說過死人就不必懂了，父親的年紀大了，不用知道太多，也不用與活著的人爭一碗飯吃，所以死了就好。你知道嗎？父親知道我是紅衛兵的那一刻，眼睛瞪得大大的看著我，所以父親因爲長途跋涉因病過世了。」
憤怒的我說：「四弟你眞可惡，你不配做人。」
四弟笑著說：「我就是這種……」
四弟的話還沒說完。我以迅雷不及雷耳的速度衝向王雄，當我整個人站在王雄前面時，右拳早已在我的腹部奮力往前一擊，這一拳不偏不宜打在王雄的腹部，王雄頓時痛得蹲了下來，我順勢撿起王雄的柴刀架在四弟的脖子上，我喝斥著：「把刀丟掉，快點。」
四弟心不甘情不願地把刀丟在地上，怡安趕緊躲到我的後方，這時候我把柴刀往前移動一點，柴刀的鋒利面輕輕劃過四弟的頸部，皮膚的表面被刀鋒劃傷，鮮紅的血慢慢地滲出來，四弟全身顫抖著說：「大哥不要！」
我：「怡安，東西收拾帶著我們走，我們離開這裏，從這一刻起，你過你的獨木橋，我走我的陽關道，從此之後我們兩家永不往來。」我跟怡安帶著行李走出房門，突然我止住腳步，我從行李中拿出一袋東西來，回頭往四弟的身上一砸，我：「這是欠你們的，現在還給你們，到此爲止了。」我的頭再也不回，離開了既生疏又熟悉卻令人失望的家。
我邊走看著怡安：「身上有受傷嗎？還是嚇著了？要緊嗎？有的話跟我說一聲。」
怡安低著頭不發一語，我：「不好意思讓妳嚇著了，讓妳看了笑話。」
怡安輕聲地說：「還會回去嗎？還是只是氣話？爸！」

我默默無語，兩人走了一段路，怡安：「現在去哪裡？」

我想了一下：「怡安，我們去機場往貴陽。」

怡安提起精神：「爸，想要去看阿姨，是吧！」

我的腳步開始加快，怡安在後面喊著：「你那麼快我跟不上你。」

我：「我先去叫計程車，妳隨後跟上啊。」

⋯⋯⋯⋯⋯⋯

到了貴陽已經是傍晚，我們先找一家飯店投宿，等明日一早再做打算。晚上休息時，怡安問道：「爸，你怎麼知道預先作防範，還好這邊還留著，那你還會回去嗎？」

我刮著鬍子：「剛好遇到而已，我也沒有想到會是這樣，看起來我也不用回去了，況且那一份就是給妳的，明天一早去看房子還在不在。」

怡安：「爸，這不好意思，我們張家欠你的實在太多了，怎麼還可以收下這麼貴重物品呢。」

我：「只要我還在的時候，妳還記得我就好了。」

怡安：「爸，我們張家永遠會記得你的，既使我知道自己的身世之後，我依然叫爸，而且爸對我也如同對待親女兒。」

我放下刮鬍刀看著怡安：「拿翹了。」

怡安笑了一下：「因爲我是你的乖女兒。」

一早我與怡安走在街道上，尋找以前的回憶，首先找尋與詠春同住的房子，花了數十分鐘只能繞到附近而已，原來的路與房子不見了，我問了附近鄰居，他們說這裡以前發生火災，一排房屋整個燒光，經過整理之後，道路拓寬而房子卻拆了。房子不在只能到市集看看了，總算市集的面貌與以前相差不多，來逛街的人與賣東西變多了。走著看到遠處有人在賣龍鬚糖，怡安看見了很有趣上前去瞧瞧，怡安：「爸，你看龍鬚糖！」我隨後跟著上去，怡安：「在后里火車站跟臺中公園看過有人賣龍鬚糖。」

我：「妳阿姨看見有人在賣龍鬚糖，馬上跑來，好像從沒看過似的，而且買了龍鬚糖就裝樣子給我看。」

怡安俏皮的說：「那～我擺幾個樣子如何？」怡安擺了幾個樣子給我看：「如何？我擺的樣子像不像啊？」

我搖著頭：「差太多了！」

怡安臭著臉：「一定是阿姨比我好對不對！爸你偏心。」

我：「知道就好。」

走到了布料店門口，我佇立在店門口前，我：「當時就是這間布料店改變了我跟阿姨的一生，不過當時如果沒有阿姨這樣付出，那時候我可能早就死了，命運很難說。」

怡安：「沒錯！命運很難說，也可能因此改變我的一生。」

回頭一看樹下有人在演京戲，我與怡安一起過去看看，只見台下看戲的人實在太多，我們只能站在外面觀看，台上唱著是「桃園三結義」，我看了一會，怡安就拉著我去別的地方逛逛。沿路賣菜、賣肉、南北貨……等應有盡有，走到盡頭時看見兩攤書攤，我跟怡安走了過去，發現其中一間書攤賣的文學作品比較多，另外一間則是科學類和童書較多，於是我們就在文學作品較多這邊停留，怡安翻了書：「聽說過阿姨很喜歡看書，而爸你自己不愛讀書是嗎？」

我：「那時候念什麼書啊！沒機會念書，反正大家窮就下田工作或是到城裡工作。」

怡安：「不是啊，你們在說起以前的趣事時，我記得他們說爸不愛念書。」

我推著怡安：「妳沒注意聽聽錯了，走了去別的地方逛逛。」

怡安回頭看我：「爸，你很不老實喔！」

我：「第一天認識嗎？」

我們兩個人走著走累了，便到一棵大樹下休息，我：「這幾天出來感覺如何？」

怡安：「我不知道，只覺得感覺很特別，對了，爸曾經說過阿姨會跳舞也喜歡跳舞是吧！」

我：「那時候就像現在這樣，逛街累了在樹下休息，阿姨開始跳起舞來，她還說她的爸媽經常跳舞。」

怡安：「我可以跳舞嗎？」

我：「想跳就去跳吧！只要腳不礙事的話通通可以。」

怡安臉上充滿喜悅向前走了幾步，思考一下後，腳步逐漸移動，生澀的舞步讓她有點不知所措，怡安的目光注視到我這來，似乎是要向我求救，我做了一個加油的手勢，怡安點了頭好像有了支持，動作逐漸熟悉起來，怡安的舞步越來越進步，我看了不錯給予幾個掌聲，結束之後怡安慢慢的走了過來，看著怡安臉上滿是笑容，我站了起來舉起大拇指：「練習了多久？」

怡安開心的說：「好幾年吧，空閒時練習一下，剛開始我也很害怕，爸，今天我眞的很不錯吧！」

我笑著說：「對！妳是最棒的。」

今天的行程是要尋找詠春的墓地，不過由於時間久遠，能不能順利找到也要碰碰運氣，我帶著一些祭品和紙錢，憑著印象尋找。出發之前怡安爲今天的行程「禱告」，希望一切順利，「禱告」完畢後，我踏出堅定的步伐，內心確信今天一定可以完成願望。憑藉著印象很快的來到墓地前，可是眼前的景象與記憶中幾乎不一樣，一時之間亂了方寸，我像個無頭蒼蠅進入墓地四處尋找，越找越急，情緒開始波動了起來，到最後我跪在地上哭了起來。

怡安走了過來：「爸，冷靜一點，慢慢仔細地找，不要心急，一步確定之後再下一步。」

我喝了幾口水休息一下，等情緒穩定之後再進入墓地，一個一個慢慢找尋，來回看了兩遍，這些墓地看起來好像有人整理過。心中起了個念頭，問了附近的居民這墓地是否有變動過？居民表示這墓地曾經移動過兩次，詳細的情形不是很清楚。我想了一會兒確定這墓地沒有詠春的墓，很有可能移往他處了，還要多問問其他人，於是行程到此打住，找人問清楚再做打算。

今天一早再次去尋找詠春的墓地，希望會有個好結果，到了新墓地發現這個墓地比想像中的還亂，看來看去不知從何找起，有的墓碑倒地裂開，有的因爲風化連名字看不清楚，狀況一大堆。我在墓地前面呆坐了一會，怡安坐了下來：「加油，爸，爲了阿姨，我們努力一點，說不一定會找著的。」在怡安的鼓勵之下，我們起身開始尋找，有的雜草太高要撥開看仔細，有的名字看了半天依舊看不清楚，各種狀況都會發生，花了半天還是找不到，只好放棄。

回家的路上我一語不發走在前頭，怡安看見我如此垂頭喪氣，便加緊腳步走到我身邊，安慰著我：「沒關係還有明天，說不定明天就找著了。」而我還是一樣沉默不語。

明天就要去海南島了，所以今天最好找到詠春的墓，如果這次找不到的話，可能就再也找不了。我看怡安倒是很有信心，不知道她的信心是從哪裡來的？出發前怡安還是爲著這次出門「禱告」，希望這次一定有收穫。這裡墓地的狀況與上次情況一樣，花時間仔細找是避免不了，我和怡安兩人分頭找尋，兩人找了一遍還是沒找到，我幾乎快要放棄了，這時怡安從對面喊了一聲，我趕緊過去看看。

怡安指著墓地：「爸，你看這像不像阿姨的？」

我蹲下來看了一會兒：「好像是喔！」

上面的墓碑刻著「春」字，但是其他字不是很清楚，我再把墓碑塵土清除乾淨，清除後還是無法確認，找了一整天實在找不到，最後只能放棄，我從口袋拿出一張紙條，這紙條是我拜託姐夫找的一首詩，「曾經滄海難爲水，除卻巫山不是雲。取次花叢懶回顧，半緣修道半緣君。」姐夫表示這首詩出自唐代元稹的〈離思五首．其四〉，現在這首詩派不上用場了，原來就不抱持希望的，至少找到了回憶，是滿滿的回憶。

往海口市的班機下午準時貴陽起飛，經過二個多小時旅程，傍晚抵達海口市，今晚住在海口市，明日一早往榆林港。從海口市出發到榆林港要一天的車程，在路上怡安一直未說話，看著怡安這樣子我也不好意思打擾她。晚上怡安在房間一直看著電視也不說話，看著怡安突然哭了起來，怡安：「爸，明天要去榆林港？」

我點頭：「是的，去看看當年我們登船的地方。」

怡安：「不知道爲什麼我開始害怕了起來？」

我：「妳給自己的壓力太大，妳不是有信上帝嗎？把妳的事情跟上帝說啊，看看上帝會跟妳說什麼。」

怡安點了點頭：「我知道了。」

一早我與怡安一起去榆林港，我：「看看吧，我也沒有太多把握，等一下問一下衛兵，看他們願不願意放我們進去。」我們的車子到了門口，司機問了衛兵，衛兵的答覆是：「這裡是管制區，外人無法參觀。」我吩咐司機往別處鄰近的地方，我：「怡安，沒辦法，管制區不能進去。」

怡安：「是啊，好可惜喔，沒關係那我們去附近走走就可以。」

車子來到海邊停留，我們下車到海邊看著榆林港，怡安將帶來的花放在海邊，自己站在海邊靜靜看著榆林港，一會怡安邊說邊哭著：「爸，媽，我是張怡安，我回來了，張怡安回來看你們了，你們聽見了嗎？你們看見了嗎？怡安長大了，怡安回來看你們了，我要告訴你們，我現在過得很好，爸，媽，你們不要擔心。」怡安越說越激動，即使右腳不方便再困難也要跪下來，在海邊哭了好一會兒。

海風與海水一直牽動著鮮花，鮮花被這海風與海水擾動而灑落在海面上，一時間海面上全是白色的鬱金香與白色玫瑰花。我慢慢扶起怡安，怡安哭得身子站不住，找了椅子讓怡安坐著休息，怡安漸漸冷靜下來，我：「等一下我們四處逛逛，也順便看看家鄉。」我們坐著車子四處看看，看看將近四十年的時光，記憶還剩多少？隔天一早怡安想獨自到海邊靜靜，我答應怡安的要求可是又不放心，默默的在後方看顧著她。

怡安自從到了榆林港後，話顯得特別少，不知道心裡在想些什麼，可能一時之間情緒收不回來吧，只好再觀察幾天。今天要從海口市回到廣州，一路上怡安依舊沒有什麼表情，直到廣州進了飯店，行李才剛放下來，怡安開始哭了起來，而且哭得泣不成聲，我趕緊安慰怡安。

怡安：「我真的好想爸媽，我不想離開他們，人家都有爸媽，就是我沒有，我等了三十多年，小時候模糊的記憶越來越模糊，到現在幾乎記不得了，我好討厭戰爭，我恨戰爭所帶來的一切，假使沒有戰爭今天我們家會是一個幸福的家庭。」

我拍拍怡安的肩膀：「我知道妳的痛苦、你的難過之處，看看我的家，我們家發生的事情妳也遇到了，那還是一個家嗎？過去就讓它過去，現在妳的工作就是把現在的家照顧好，不要讓英傑擔心，有需要我幫忙的地方就開口。」怡安點了頭把淚水擦乾。

飛機飛抵桃園機場，我們跟其他團員道別之後，找到了柯英傑。

柯英傑：「爸，這次探親可以嗎？順利嗎？」

怡安笑著：「順利也不順利。」

柯英傑：「不是已經計畫好了嗎？什麼順利也不順利？我有點聽不懂，還是妳惹爸生氣，搞砸了探親！」

我：「怡安表現的很棒，你要多替她加油。」

柯英傑：「行李都上車了，我蓋上行李箱喔。」

怡安：「爸說我很棒，英傑你聽見了嗎？」

柯英傑關上車門啟動引擎：「我還是不懂。」

我：「把這幾天的事跟英傑說一遍吧。」

怡安：「好的。」

回到家沒有多久電話響起，我接起電話：「請問找哪位？」

從話筒的那一頭傳過來：「士官長你回來啦，我是劉品福，等一下到我家坐坐，你跟怡安一起來吧。」

我：「好的，這裡我整理一下就過去了。」

到了劉品福家中，看見劉品福忙進忙出，我：「品福你在忙晚餐啊。」

劉品福：「是啊，幫士官長接風，等我一下，等一下大夥一起吃晚飯啊，好了，可以了，大家一起吃飯吧。」

我：「今天有什麼事啊？」

劉品福眉開眼笑：「沒有啦！只是這次回家遇到好多親人，很多都沒看過，以前離開時還是小孩子，現在回去看變成大人，旁邊還跟小的，我一次發了六十幾包紅包，眞是累死我了。」

怡安：「品福叔叔眞厲害，紅包一次發了六十幾包，那些人確定是親戚嗎？還是來賺紅包的。」

我：「看品福這趟回去開開心心，我們敬一杯。」

劉品福：「沒什麼，高興就好，士官長呢？這次回去聽說發了不少喔！」

怡安：「爸他發很多……」

我打斷怡安的話：「小孩子不要亂說話，我才剛回來你聽誰說的？」

柯英傑：「我是聽怡安說家裡有人要搶……」

我打斷柯英傑的話：「又亂說話，年輕人不會說話，吃飯去。」

劉品福笑著說：「沒關係，士官長大家都差不多，我們算是不錯了，那邊還有親人等著我們，有些人不回去因爲沒人了，回去要幹嘛，所以我們算幸運的。」

我：「還好小蔣最後有開放大陸探親，可以讓我們見見親人，之前還不肯開放，有人還說我們要聯合共產黨，我看總統現在坐輪椅，很多人說他已經看不見，不知道是眞的還是假的？」

劉品福：「從老蔣要打回去到現在我們回鄉探親，這中間過了幾年？當初打回去就好了，演習像眞的一樣，每天一早練登陸背包上肩，從早晨開始，登陸打完打巷戰，那個水鴨子一下去就起不來了，多少人死在裡面，要不是美國插手，我們早就反攻回去了，你說這不是老天開的笑話嗎？」

我：「每天眼一睜開就是走路，走到半夜摸黑走，師部說後天幾點要到哪裡做攻擊發起線，來不急大家跑啊，飯也不開了沒時間了，營長說把罐頭發下去，沒時間吃你也沒得吃，部隊還等你餓了停下來吃飯啊！大家累得受不了，營長叫大家休息喘口氣，剛要躺下去又接到命令繼續走。有人受不了逃兵跑了，發通緝叫憲兵抓回來，有的憲兵直接打掉，人命一條多少錢？死了叫家屬領回去，家屬哭得要死，賠多少錢？」

劉品福嘆口氣：「不像現在軍隊要合理化，走個路哇哇叫，電話打了就申訴，這樣還打什麼？問問英傑現在部隊還能打嗎？」

柯英傑：「嗯，這個嘛……」

劉品福：「說再多也沒用了，我們老了跑不動了換年輕人上場了，英傑四十多歲了？要退伍了嗎？現在還是少校嗎？」

柯英傑：「我今年四十四歲了，還是少校營長，我們有討論明年是否要辦退伍，不過有聽說要縮減兵力，要先裁軍官，所以我正在考慮中。」

我：「不要考慮了，該退就要退了，你不在家的時候都是怡安帶小孩，一個女人帶一個家很辛苦的，怡安以前過的也不是很好，我是希望你能對怡安好一點。」

怡安：「英傑有自己的打算，不要爲難他，況且英傑對我很好這樣就夠了，不要強迫他啦。」

我：「怡安妳這樣說就不對喔，妳不方便的時候，孩子都是我帶的喔，怎麼好處都給你們，我要抗議喔！」

怡安：「我知道爸是爲了我好才這麼說。」

柯英傑：「我回去會想清楚的，該退就會退的。」

劉品福：「大家不要只談話，飯菜不要冷掉了。」

十

中午柯英傑與怡安帶兩個孫子回來，一進門柯英傑：「柯佳芳、柯語馨有沒有叫爺爺好？」

柯佳芳、柯語馨：「爺爺好。」

我笑著：「好，好，大家都好，今天難得休假回來。」

柯英傑：「爸，是啊。」

怡安：「上次提的建議英傑有想過，英傑有跟上面提了，上面是鼓勵大家提早退伍，英傑想正常時間退伍就可以，上面就讓他休多一點。」

我：「也好多陪陪妳跟孩子，佳芳去冰箱拿五瓶飲料請大家喝。」

柯佳芳：「好的。」

我：「這次休假幾天啊？」

柯英傑：「這次休假五天。」

我：「那退伍之後有什麼打算嗎？」

柯英傑：「目前還沒有打算，但是確定的是會帶怡安到處走走。」

柯佳芳：「媽，飲料。」

怡安接過飲料：「三瓶給我，妳跟語馨各一瓶去旁邊玩。」

這時電話響起，怡安接起：「你好找哪位？是，是，克強叔叔你不要這樣說，我找爸跟你說好嗎？」

我接過電話：「克強怎麼啦！嗯，嗯，克強你聽我說，現在我去找你，好嗎？」

我把電話掛掉：「英傑等下你開車，我跟英傑去克強家一趟，妳在家看著。」

怡安焦慮著說：「克強叔叔怎麼了，電話中聽起來很難過似的？」

我：「他的老家出了一點事，我先走了，回頭再說。」

怡安：「英傑小心一點。」

柯英傑：「知道，我會小心，走了。」

我跟柯英傑趕緊出門，怡安則禱告求　主保守克強叔叔平安無事。

在路上柯英傑問我：「爸，發生了什麼事？看爸跟怡安緊張起來，好像是很嚴重的事。」

我：「大陸探親剛開放時，克強算是很早就去的，那時候克強回來有跟我說他的經歷。克強回家鄉探親時，一開始的時候克強很慷慨，認為是自己虧欠的比較多，發了很多錢、戒指給親人，可是大陸的親人認為克強很有錢，於是又哄又騙又偷的，把克強身上的錢騙光，看見克強身上沒了錢，覺得沒有利用價值，就把克強趕出家門，這些錢都是克強平日省吃儉用存起來的。這件事讓克強感到很難過很失望，什麼時候家鄉的人變得如此勢利，甚至可以為了一點錢把親情關係丟到地上踐踏。他的心情到現在一直不能平撫，剛才他打電話來又哭又鬧的，情緒很不穩定，我怕他一個人出了意外。」

車子才剛上高速公路，柯英傑：「糟糕，豐原南下大塞車，該怎麼辦？」

我：「不知道這會塞多遠？車子一動也不動，怎麼會遇到這種事！」

怡安打了通電話給克強叔叔，試圖要安撫克強叔叔的心情，克強的情緒起伏不定，時間越久越不能控制。在高速公路上塞了一陣子，我們的車子終於下了交流道，但是從中港交流道到台貿五村又是一段路程，我：「在高速公路耽誤了太多時間，不知道克強現在的情緒是否穩定了？」

柯英傑：「克強叔叔不會有事的，一定不會有事的。」

徐克強，一九二五年生，貴州貴陽人，平日我們都叫克強，家境還算不錯，是個讀書人，說起話來總是慢條斯理，平時很少能讓他生氣，生氣時也不會有太大的情緒。克強來臺灣的時候只有一個人而已，在臺灣也沒有結婚，因爲他的未婚妻在大陸等著，克強相信很快就可以打回去的，結果一等就是三十多年，一場美夢變成一場白日夢。

車子來到台貿五村，我跟柯英傑兩人急急忙忙前往克強家，還沒走進巷子忽然一聲槍聲，我們覺得大事不妙，趕快衝到克強家，附近鄰居聽見槍聲，紛紛跑出來觀看，我們到了克強家門口推開大門時，看見克強已經倒在客廳椅子上，右手半握著手槍，槍口冒出陣陣白煙，而原本左手該握的話筒則掉落地面，血液則噴灑在椅子和牆面上。

我坐在臺中榮總急診室外面抽著「無味」的香菸，腳下已經踩熄了六、七根菸頭，望著中港路上的車輛與行人，今天所發生的事情好像與他們毫無關係，有極少數人會看我一眼，絕大數人則頭也不擺往前走，中港路上的路燈點亮了，而來往車輛的大燈也打開了，我想要站起來再看一次克強，可是我怎麼用力也站不起來，原因是用盡全力跑到克強家嗎？不對啊！剛才救護車來的時候，我還幫忙推上車，而且我在急診室全程都是站立啊，怎麼現在卻起不來了？是我老了嗎？老了動不了了嗎？我想起克強爲什麼有黑星手槍？爲什麼不多等我們一下？是誰給的勇氣敢對自己開槍？柯英傑把我扶起來，沮喪的我：「英傑，我們回家吧！」

回到家已經是十一點多了，我和柯英傑一進門，怡安從椅子上起來哭著倒在我的懷中，我跟柯英傑面面相覷，我一臉茫然：「怡安什麼事讓妳如此激動？」

怡安哭著：「克強叔叔死了，克強叔叔死了。」

柯英傑：「怡安，是誰跟妳說克強叔叔死了？」

怡安哭著：「克強叔叔死了，克強叔叔死了。」

我裝的若無其事的說：「是誰跟妳說克強叔叔死了？開什麼玩笑。」

怡安：「我在電話中聽見克強叔叔大喊『中華民國萬歲』，就聽見一聲槍聲，然後有東西跌落在椅子聲音，克強叔叔就沒有講話了，我一直喊克強叔叔，克強叔叔一直沒有回應。」

頓時之間空氣安靜了幾秒。

柯英傑：「有點聽不懂，事情慢慢從頭說起。」

怡安：「你們出門之後，我不放心克強叔叔，打了通電話給他，在電話中我們談得還算不錯。結果說到未婚妻的事情，克強叔叔開始激動了起來，他說他一直想著反攻大陸，打回去之後就可以見到未婚妻了，結果一天又一天過去，『反攻大陸』這口號逐漸成爲笑話。當他再度踏上故鄉的時候，已經是超過半百之人，家人告知未婚妻早已嫁人，而未婚妻也已經過世，克強叔叔到未婚妻墳前大哭一場，家人則對克強叔叔予取予求，把克強身上的錢全部騙光，最後趕出家門，克強叔叔非常難過。突然克強叔叔發瘋似的，一直胡言亂語，後來克強叔叔叫我要好好活下去，然後他大喊：『中華民國萬歲！』我就聽見一聲槍聲，克強叔叔就死了。」

我慢慢地坐到椅子上，我雙手摀住了臉，怡安：「克強叔叔眞的死了嗎？」

我有氣無力的說：「英傑你也累了，帶怡安去休息吧，讓我一個人好好靜一靜。」

柯英傑：「爸，你也早點休息。」

柯英傑帶著怡安回房休息去，我打開了電視，把音量開到最小聲，電視有節目看到沒節目，畫面全是黑白的訊號，整個眷村大概只有我們家是燈火通明吧！

怡安問柯英傑：「爸可以嗎？」

柯英傑：「爸只是硬撐住。」

客廳裡只見一個男人低頭哭泣著。

⋯⋯⋯⋯

徐克強的告別式在臺中殯儀館舉行，整個會場由退輔會處理，來參加公祭的長官很多，有議員，有退輔會的長官，在家祭部分只有我、怡安跟柯英傑三人代表，兩個孫女也來充當人數，她們靜靜地坐在椅子上，克強家人只剩在大陸的親人，而他們表明不願意前來。議員與退輔會的長官跟我們握手致哀時，每人都囑咐要節哀順變，我心裡想的是你們應該跟克強說才是。

自從克強叔叔走了之後，爸變的失魂落魄，每天坐在客廳裡看著電視，不論電視播的是京劇、卡通、莒光園地、新聞……等等，爸總是一看再看，看累了就睡在椅子上，吃飯時間到麵條煮爛加上一些豆腐乳，或者乾脆不吃了，整個人也就憔悴了下來。

有一天我跟怡安帶著兩個孩子回家，一見大門半開沒關，我們趕緊進屋看爸在家嗎？結果整間屋子電燈全亮，電視機也打開，但是沒看見爸的蹤影，我和怡安分頭去外面找找，找了一陣子，失望地回來，回到家中看見爸坐在椅子上睡覺，我好奇地問柯佳芳發生了什麼事，柯佳芳：「你們出去之後我跟妹妹兩人在客廳裡，結果從房間裡傳來打呼聲，但是打呼聲有時大有時小，我走進房間一聽，衣櫃裡有聲音，而且還是開開的，我打開來看嚇一跳，爺爺躲在裡面睡覺，後來爺爺才到客廳睡覺。」

我：「之前聽妳說過爸有失憶症問題對吧？」

怡安：「是啊，醫生說這個問題會越來越嚴重，而且一定要按時服藥，還有晚上經常會做惡夢，我會經問爸發生什麼事，爸不說就是不說，現在我不在家，有可能沒按時吃藥。」

我：「這個問題要解決，不然會很麻煩的。」

這時候爸從椅子上醒來：「發生了什麼事？」

黃昏的時候我在門口準備進屋，看見品福低著頭回來，走路時還搖搖晃晃，我喊了一聲：「品福去哪兒？」

劉品福：「我去醫院了。」

我：「去哪？大聲一點。」

劉品福：「今天我去醫院。」

我：「然後呢？爲什麼要去醫院？」

劉品福：「前些日子我吐了血，不想吃飯，我想會不會身體出了問題，所以去榮總檢查。」

我：「那醫生說了什麼？」

劉品福：「醫生看看我的眼睛，摸摸肚子，然後排我檢查，檢查一個月後報告出來。」

我：「醫生不只說這些吧！」

劉品福低著頭：「醫生說肝臟很可能出現問題，叫我這段時間菸酒不要碰，少吃油炸食物，叫我早點睡覺不要熬夜。」

我：「品福你說的是眞的？還是假的？」

劉品福欲言又止：「士官長，我想說……」

我：「說什麼趕快說。」

劉品福：「士官長，我想說大家都要保重身體。」原本稍微大聲說話的我，聽見劉品福這樣說，我的口氣也緩和一些，我：「對！大家都要保重身體。」
劉品福：「走了，士官長。」
我拍了一下劉品福肩膀：「注意安全，有事記得聯絡。」
怡安正接著電話：「品福叔叔你千萬不要這麼說，你願意把我當作女兒看待我真的很高興，但是你所說的東西我不能收，有任何需要幫忙的地方我一定二話不說的，而且今天你突然講這些話我會害怕的，這些事情有跟我爸討論過嗎？」
劉品福：「當然不想讓士官長知道，所以才私下跟妳說，沒關係啦，還有時間商量，怡安我說的話妳再想想看。」
柯英傑：「品福叔叔說些什麼？」
怡安：「我也不清楚品福叔叔說的意思，他說要我當他的乾女兒，還要把財產都給我。我聽到了財產要全部給我，我當下拒絕了，當乾女兒還可以，因爲只有自己一個人滿孤單的，但是要給我財產我可不敢，而且聽起來品福叔叔好像在交代後事。」
柯英傑：「會不會是品福叔叔出事了，他才這樣說？」
怡安：「我也不知道，我再找時間回去看看好了，你先忙部隊交接的事情吧。」
柯英傑：「這樣也可以，等我交接完之後，有空了再去看看。」
劉品福回榮總看報告，看起來醫生的臉色不是很好，醫生提起精神：「劉品福今天有家人陪你嗎？」
劉品福一臉無辜的樣子：「我家就只有我一個人，怎麼了醫生？」

醫生：「沒事，看了檢查報告不是很樂觀，根據化驗出來的數據跟片子比較起來，你罹患肝癌第四期。之前吐血的問題是由於腫瘤長在門脈靜脈附近，導致門脈壓上升，造成食道靜脈瘤破裂出血，而食道靜脈瘤破裂出血時，就會有吐血的情形，而且這種狀況絕多數會在第四期出現，上次幫你測平衡也表示有進入昏迷狀態了，而你的腹部積水、小腿也積水，眼球又是如此的黃，腎臟也不會是很好，我的建議是立刻住院。」

劉品福全身顫抖：「那是什麼意思？」

醫生：「想要做什麼事盡量去做，而且現在看癌細胞已經轉移到全身了。」

劉品福：「醫生那我還剩多久時間？」

醫生：「現在住院治療的話，應該可以延長幾個月時間，以現在來說我們從一個月前算起，現在你的時間恐怕只剩二個月到五個月。」

……

「品福啊！你要多吃一點。」我在病床旁邊弄了一碗稀飯。

劉品福坐在病床上：「你吃吧，我不想吃。」

我：「你不多吃一點沒體力怎麼辦？」

劉品福：「怡安呢？你有聯絡她來嗎？」

我：「有，快來了，找她幹嘛？」

怡安急急忙忙走了進來：「爸，品福叔叔你怎麼了。」

劉品福：「品福叔叔生了病剩沒多少時間，上次問妳的事情考慮的如何？」

我：「品福什麼事啊？」

劉品福：「就是讓怡安當我的乾女兒。」

我：「好啊，有什麼問題嗎？」

怡安：「我當了品福叔叔的乾女兒，品福叔叔要給我他的全部財產。」

我驚訝的說：「那怎麼可以？你要陷怡安不仁不義嗎？當乾女兒可以，你的東西自己保管。」

劉品福：「拜託，我求求你們，在臺灣你們也知道我一個人孤單的，你們家對我那麼的好，我實在不知道該如何回報你們，後來我想想怡安當我的乾女兒這樣最好，我去大陸之後身邊也剩沒多少錢，就那麼一點補償，我的人生也快到盡頭了，就讓我好好地走。」

怡安：「品福叔叔你不要想太多，醫生一定會治好你的病。」

劉品福：「我自己的狀況自己很清楚，現在是神仙來了也難救，如果連我這點請求都不願意答應的話，你們都不是我的朋友，離開吧，我自己一個人，走吧。」

我看著怡安又看著劉品福：「算了講不聽，怡安走吧。」

劉品福：「快走不送。」

我跟怡安離開了病房，我：「乾女兒的是沒問題，剩下的妳決定就好，還有上次妳說的教會我想去看看，我想跟上帝說說，看看品福是否會好起來？」

怡安：「好啊！明天剛好是星期日，我帶你去看看。」

星期日一早怡安帶著我來后里福音教會，進入教會感受到裡面的寧靜，這種寧靜讓我渾身不自在，我一直望著教會四周，終於撐到最後唱詩讚美之泉〈我在這裡〉：「我在這裡，深切尋求祢，每個清晨夜晚，不住地尋求，我在這裡，聆聽祢心意，親愛主耶穌，渴望歡迎祢降臨……」

我開始崩潰了，我不停地流淚，所有的回憶從十七歲除夕的那一天開始，自從我殺了人之後，惡夢不斷打擾我，後來雖然有點失憶，但是惡夢卻不會忘記，我曾經找過好多方法卻無法趕走惡夢，大家都認爲我是好人，但我眞是好人嗎？怡安、品福、克強他們衆人並不知道我做了什麼事，只知道現在的我，我眞是一個壞人，四弟說的眞好，我的心機重、善於盤算……心理受不了打擊的我坐在椅子上哭泣，怡安看見我這樣趕緊安慰我：「怎麼了？爸？你怎麼了，發生了什麼事嗎？」旁人也覺得奇怪紛紛來安慰，我一直喊著：「我不是好人，我是個壞人，你們都被騙了……」

怡安：「爸，你在說什麼？我有點聽不懂？你對所有人都很照顧，怎麼會是壞人呢？」

我：「妳不知道～」

怡安：「我當然不知道，可是我知道現在的你，過去很重要嗎？我只知道當初有一位勇敢的王小二，抱著五歲大的小孩一起逃難，來到臺灣把小孩照顧到現在，這樣就足夠了。」

邱傳道走了過來：「你覺得你有罪就跟　主說，請求　主赦免你的罪就可以，加油。」

在怡安的鼓勵下我鼓起勇氣跟　主禱告赦免我的罪。

每天早上我總是會去教會禱告，看看劉品福的病是否會好轉起來，幾天不見劉品福不知道狀況如何，今天過去看看有什麼需要幫忙的地方，一進病房差一點認不出劉品福，現在的劉品福已經是身心俱疲的樣子，我：「品福現在好嗎？」

劉品福：「你看我這樣子會好嗎？身上插滿了管子」

我：「應該是不太好，所以特地帶水餃來給你。」

劉品福：「不用了，你吃吧，我現在什麼都吃不下。」

劉品福：「被這些檢查、打針、吃藥快搞死了，現在也沒胃口，我只要見到你跟怡安就心滿意足了。」

我：「千萬不要這麼說，該吃的還是要吃，吃了就有體力，等你好了出院，我跟怡安一定請你吃一頓，現在是誰來照顧？」

劉品福：「我請了一個看護，她剛剛去買一些用品，我之前說的事你們答應嗎？」

我：「當乾女兒一定沒問題，可是你要給怡安的，我說實話這樣不好，傳出去會被人家說話。」

劉品福：「我的時間所剩不多，我自己很清楚，怡安很辛苦的長大，我能給她的也不多，士官長自己應該很清楚我要說什麼，我們都欠怡安一家人，誰叫我們打輸了，如果情勢扭轉過來，我們會是現在這種模樣嗎？」

我：「好！我叫怡安回來，但是怡安如果不答應我也沒辦法。」

劉品福：「可以，沒問題。」

我在樓下打電話給怡安，怡安說會立刻上來，關於品福叔叔另外的要求會仔細考慮，電話掛掉之後我回房看看劉品福，聽見廣播：「999」。只見兩位護士急急忙忙喊了「借過！」我趕緊讓個位子讓護士通過，我繼續往前走，走到劉品福的病房，只見醫師正在對劉品福急救，看護看見我來了對我說：「你是病人的家屬？」

我：「我是劉品福的朋友，怎麼了？剛才不是好好的嗎？」

看護：「剛才我回來沒多久，病人就開始出現呼吸困難，我趕緊叫了醫生。」

我：「情況怎樣？」

看護：「醫生只說叫我們要有心理準備，你們怎麼現在才來？病人已經撐了很多天，病人每天盼著士官長來看他。」

我：「這事怎麼不早說呢？」

醫生忙完之後對我說：「可以了，現在穩住了，病人剩下時間不多，你是他的家屬嗎？」

我：「我是。」

醫生：「你們要有心理準備，有可能撐不過今晚，病人應該醒不過來，他應該聽得見，剛才給他強心劑，嗎啡就沒有給了。」

我點頭：「謝謝醫生。」

看護整理了一下桌面：「聽他說跟朋友吵完之後，他也不想理他朋友。」我坐在椅子上看著劉品福，看護：「我跟他說打電話比較快，現在是什麼時候？病人還是不願意打電話，我也說不動。」我心裡想著怡安動作要快啊，品福叔叔撐不住了。

如果順利的話怡安搭火車上來，應該快要到了，但是劉品福能等到怡安來嗎？時間一分一秒的流逝，已經接近傍晚時間了，夏令時分太陽下山比較晚，太陽依然高掛天際，我不時看著機器又看著劉品福。一個熟悉的腳步聲走了過來，我起身回頭一看：「怡安等妳很久！」

怡安走了過來：「品福叔叔現在怎樣了？還好嗎？」

我：「品福等著我們很久了，下午醫生急救一會兒說應該過不了今晚，現在是勉強撐住了。」

怡安走近劉品福身旁，我拿椅子給怡安坐，怡安看著品福叔叔跳動的眼皮，雙手握住品福叔叔的左手，劉品福的手指還微微顫抖著，怡安：「品福叔叔，怡安來看你了，你要趕快醒過來，我跟爸都在這裡陪著你，你要趕快好起來，乾女兒的事情我答應你，品福叔叔聽見了嗎？」

我拍拍怡安肩膀點了頭，怡安起身到旁邊哭著，我看著劉品福：「品福醒醒吧。」

過了沒有多久，心跳機器發出尖銳聲，原來還有跳動畫面突然變成一直線，我趕緊叫看護通知護理站，護士趕緊進來病房檢查病人狀況，醫生也隨後進來急救，我跟怡安站在門口看著醫生跟護士搶救過程，怡安哭著一直禱告，最後醫生跟護士動作漸漸趨緩下來，醫生向我搖搖頭走出門外，護士將身上的管子拆除完離開了病房，看護：「病人這裡有一封信要轉交給你們，我剛才差一點忘了。」

看護從抽屜拿出一封信給我，我轉給怡安看，怡安打開信件，信中寫道：「我知道讓怡安當我的乾女兒你們一定會同意，可是我想把我的財產通通給怡安你們一定不同意。平時我總是輸給士官長，這次我知道一定會爲了這件事爭吵，所以我故意不撥電話給士官長，要士官長自己來找我，這次我要贏回來，而且我一定會贏的。怡安不會接受我的財產我早已知道，所以我立了遺囑就是要把所有剩下的財產全數給怡安，扣掉我的喪事一些費用，剩下大約一百萬就給怡安，士官長這次我贏了吧！」

怡安看完信後哭倒在品福叔叔旁邊，我心想：「什麼時間了還跟我賭氣，而且還算得很準。」

「閻王叫你三更死，誰敢留人到五更。」剛送完克強現在又送走品福，誰會是下一個呢？

劉品福的告別式也是在臺中殯儀館舉行，同樣的整個會場是由退輔會處理的，來參加公祭的有退輔會的長官，還有后里新村一些榮民與軍眷，算是比較多人，在家祭部分只有我、怡安跟柯英傑三人代表，品福家人全部在大陸，而他們認爲路途過於遙遠不願意前來。

品福的告別式結束之後，我跟怡安說：「怡安，我要受洗！」

怡安說：「爸，你說的是眞的嗎？還是只是隨口說說？」

我篤定的說：「是的，我要受洗。」

怡安滿心喜悅：「那我跟教會說，安排時間幫你受洗。」

很快的我在教會安排之下受洗，受洗的過程我的心情平靜，怡安跟柯英傑兩人爲我祝福，林夏盛牧師也走到我前面：「從現在起你是一個新造的人，平常要多親近神，恭喜。」

我點頭：「是的牧師。」

怡安：「爸我很好奇，什麼感動讓你要受洗？」

我：「剛才唱的詩歌很好聽不是嗎？」

柯英傑：「剛才的詩歌嗎？當我遇見你，使我夜間歌唱，超越一切環境，看見你的同在，我的心歡喜，我的靈快樂，我全人安然居住……」

每天一早我都會到教會作一些打掃整理的工作，日復一日無論是熱天或是大雨，自從信了主之後，心境上平靜許多，晚上睡覺時安穩許多，那些擾人的惡夢不知何時起不曾出現。自從徐克強與劉品福兩位老朋友相繼離世之後，我常常獨自一人到大甲溪花樑鋼橋旁，望著一列又一列的火車，怡安帶著孩子趁著放暑假回到后里，順便看緊我以免出事。

下午怡安帶著孩子剛從后里馬場回來，兩個孫女還在討論去馬場騎馬的經過，怡安看見屋子冒煙進門一看：「爸你在燒什麼？燒木箱嗎？臭死了，你在這裡燒東西不怕燒到隔壁嗎？」

我：「只是燒燒木箱而已，一點火而已，怕什麼？」

怡安看了一下木箱：「這木箱我怎麼從來沒有看過？上面還有第十軍字樣。」

我一邊用圓鍬搗著木箱：「不要的東西我想把它處理掉，大毛衣我也順便燒了。」

怡安：「那一件墨綠色大毛衣也燒了？那一件穿起來很暖，爸你也燒了？」

我：「沒有人要穿，給妳要穿嗎？」

怡安搖搖頭：「今天英傑退伍等一下會回來，我先去煮飯了，記得火一定要熄滅才可以走。」

我：「知道啦！佳芳、語馨跟媽媽進屋洗手。」

晚餐的時候我舉起酒杯：「今天英傑終於退伍了，慶祝英傑退伍敬一杯。」

柯英傑也舉起酒杯：「是，是，終於退伍了，乾一杯。」

怡安舉著酒杯：「是啊！英傑總算退伍了，我還記得英傑剛來家裡的時候，爸不喜歡英傑，但現在反而爸很欣賞英傑。」

柯英傑：「對啊！那時候我酒量不好，每次來家裡都要喝酒，然後不到二杯就醉倒了。」

語馨舉起杯子：「我們也要舉杯慶祝爸爸。」

柯英傑：「是，是，慶祝爸爸。」

佳芳：「大人喝酒，小孩可以喝嗎？」

柯英傑：「大人喝酒，小孩只能喝汽水，敬大家。」

我：「今晚英傑可以多喝一點，沒有把酒喝完不許離開。」

怡安看著英傑：「你有辦法嗎？桌上二瓶高粱？還是我來幫你吧！不要讓爸看笑話了。」

英傑摸著頭：「怡安還是妳行。」

我搖著頭：「英傑要努力。」

柯英傑洗完澡進房：「今天我回來的時候門口燒什麼東西？」

怡安：「是爸燒的，燒了一個木箱和一件大毛衣，我還擔心會燒到隔壁，那時候我怕死了，叫爸趕緊燒完。」

柯英傑若有所思：「燒木箱？燒大毛衣？」

怡安：「是啊！我長這麼大從來沒看過木箱，深綠色大毛衣爸也燒了，爸說已經沒用了。」

柯英傑：「是喔。」

怡安：「有不對嗎？」

柯英傑：「不是，說不上來的感覺，不管了晚上酒喝多了要睡了，明天再說了。」

怡安：「說不上來的感覺？」

……………………………………

一早我坐在客廳看著柯英傑寫的《小人物大時代》，我：「英傑起床啦，怎麼不多睡一會兒？昨晚酒喝了不少，而且今天是星期六，多睡一點。」

柯英傑：「在部隊習慣早起，雖然酒喝多了，生理時鐘還是沒變，爸在看什麼？。」

我：「我在看你寫的《小人物大時代》，現在看還滿有趣味的。」

柯英傑：「自己覺得寫的不夠好。」

我：「跟我出去走走聊聊天吧。」

一路上我沒說話，柯英傑跟在後面也無語，兩人走到快接近大甲溪花樑鋼橋旁，我：「這段路走了很久吧！」

柯英傑：「是啊，走了超過一個半小時。」

我：「很累很辛苦吧！」

柯英傑：「是啊，還好平常有跑步。」

我站在大甲溪花樑鋼橋旁，柯英傑跟了上來，我：「有件事要說淸楚，你要仔細聽好了。」

柯英傑：「我知道。」

我：「怡安的身世我不用再說了，你要記住我是用生命來保護怡安的，怡安的成長很辛苦，我希望當我不在的時候，你能用你的生命繼續保護怡安，她的個性比較純眞，這點還請你多包容一下，我不希望辜負怡安的父母當初對我的信任。」

柯英傑：「我知道。」

我吸了一口氣：「大甲溪的溪水眞壯觀，加上太陽剛好掛在上空，旁邊又有花樑鋼橋經過，另一頭又可以看見海線，這風景眞迷人。」

我們回到家的時候怡安很生氣：「你們兩個大男人出門都不用說一聲嗎？也不留一張紙條，讓我擔心個半天，我還以爲你們離家出走了。」

柯英傑：「我知道，對不起，老婆大人，剛才陪爸吃早餐而已。」

怡安：「現在準備陪我吃午餐吧！」

星期天一早全家一起去后里福音教會主日，一如往常弟兄姊妹遇見了總是習慣彼此互相打招呼，英傑他們總是坐在中間最後一排，而我爲了不被發現總是在主日打瞌睡，所以坐在最後一排角落，這樣如果睡著了才不會被發現。同樣的今天依舊唱詩證道，證道的題目是「在苦楚中要得安慰」，主講人是牧師林夏盛。

林夏盛牧師：「翻開聖經哥林多前書九章第一節到第十二節：我不是自由的嗎？我不是使徒嗎？我不是見過我們的主耶穌嗎？你們不是我在主裡面……」我的眼皮開始重了，我趕快拿起《小人物大時代》來看看，以免又睡著了。

我看見前方有一道熟悉的背影，我走了過去輕輕拍了一下肩膀。

那背影轉身看著我：「王小二我等你很久了。」

我驚訝的說：「詠春妳怎麼會在這裡？」

詠春：「是啊！我等你很久了。」

我：「怎麼說等我很久呢？」

詠春：「約定的時間到了，我們該走了。」

我看了一下四周：「要去哪裡？」

詠春俏皮的說：「去一個你想要去的地方。」

我思考了一下：「去一個我想要去的地方？」

詠春：「是啊！去一個你想要去的地方。」

我指著怡安、英傑：「那他們呢？要跟我們一起走嗎？」
詠春搖頭：「不，他們有他們自己要走的道路。」
我：「再等我一下好嗎？」
詠春搖頭：「我說了，他們有他們自己要走的道路。」
我：「詠春拜託一下好嗎？」
詠春點了頭：「好，就一下喔。」

司儀：「全體起立！」
這時候《小人物大時代》從王小二的手上掉了下來……
柯英傑緩緩站了起來，流下兩行淚水輕聲地說：「爸走了。」
怡安迅速站了起來，拉了一下柯英傑的手臂：「英傑你剛才說什麼？爸走了？」
司儀：「唱詩讚美之泉〈聖靈的江河〉：在祢寶座前，有一道生命水流，我們進前來，謙卑等候領受……」怡安跪在王小二的前面痛哭著。
我似乎明白了一切：「詠春我知道了，我們走吧！」我開心牽起詠春的手一起走向我們要去的地方。
教會的詩歌一直迴盪著：「聖靈的江河流啊流，自由湧流在這地，在我的裡面生命活水不停息，聖靈的江河，自由湧流到無盡，我們歡迎祢，聖靈我們愛祢……」

附註

（註一）維基百科 第一次長沙會戰
（註二）十大抗日戰爭—第三次長沙戰役（長沙會戰）—10每日頭條 大濾師
（註三）維基百科 第二次長沙會戰
（註四～八）維基百科 第三次長沙會戰
（註九）維基百科 衡陽保衛戰
（註十）維基百科 衡陽保衛戰
（註十一）國民黨是怎麼失去大陸的？（九）—崇蘭2005—udn部落格
（註十二）維基百科 海南島戰役
（註十三）維基百科 李玉堂
（註十四）學生書局 孫立人傳
（註十五）維基百科 八二三砲戰
（註十六）尊榮父母，帶來祝福 莊嘉信牧師 2016/5/8 主日證道
（註十七）維基百科 吳榮根
（註十八）維基百科 孫天勤

國家圖書館出版品預行編目資料

小人物大時代／活水著. --初版.--臺中市：白象文化事業有限公司，2023.7
面； 公分
ISBN 978-626-364-011-5（平裝）

863.57 112004701

小人物大時代

作　　者　活水
校　　對　活水、林金郎
發 行 人　張輝潭
出版發行　白象文化事業有限公司
412台中市大里區科技路1號8樓之2（台中軟體園區）
出版專線：（04）2496-5995　傳真：（04）2496-9901
401台中市東區和平街228巷44號（經銷部）
購書專線：（04）2220-8589　傳真：（04）2220-8505
專案主編　陳婕婷
出版編印　林榮威、陳逸儒、黃麗穎、水邊、陳婕婷、李婕
設計創意　張禮南、何佳諠
經紀企劃　張輝潭、徐錦淳
經銷推廣　李莉吟、莊博亞、劉育姍、林政泓
行銷宣傳　黃姿虹、沈若瑜
營運管理　林金郎、曾千熏
印　　刷　基盛印刷工場
初版一刷　2023年7月
定　　價　250元